Connaissez-vous dans la série SUN VALLEY les premiers romans d'Elizabeth et Jessica ?

Demandez à votre libraire les titres que vous n'avez pas encore lus.

FRANCINE PASCAL

Laissez-moi faire

Traduit de l'américain par
Janine Vassas

Sun Valley

HAUTE TENSION

L'édition originale de ce roman
a paru en langue anglaise chez Bantam Books, Inc., New York,
dans la collection SWEET VALLEY HIGH, [T.M.],
sous le titre :

SAY GOOD BYE

1

Jessica martelait de ses poings la porte fermée à double tour.

« Liz, je te préviens, si tu refuses de me laisser entrer, j'enfonce la porte ! »

Elizabeth ouvrit d'un geste brusque. Emportée par son élan, Jessica se retrouva au milieu de la chambre.

« J'ai besoin d'être seule », dit Elizabeth dans un sanglot.

Ignorant sa requête, Jessica s'affala sur le lit et demanda en ouvrant de grands yeux incrédules :

« C'est vrai ce qu'on raconte ? Todd va habiter dans le Vermont ? »

Elizabeth essuya son visage ruisselant de larmes.

« Oui, c'est vrai. Jess, qu'est-ce que je vais devenir ? J'ai l'impression qu'on m'arrache une partie de moi-même. »

Jessica dévisagea sa sœur en silence ; son chagrin la bouleversait.

A l'exception d'un minuscule grain de beauté sur l'épaule droite, Elizabeth était l'exacte réplique de sa jumelle — mêmes cheveux d'un blond doré, mêmes yeux bleu changeant, même silhouette de mannequin, mêmes adorables fossettes qui creusaient leurs joues lorsqu'elles souriaient. Toutefois, la ressemblance se limitait au physique car au moral les deux sœurs étaient l'opposé l'une de l'autre.

Elizabeth, qui désirait devenir écrivain, était dotée d'un solide sens des réalités et d'une nature généreuse. Prudente et mesurée dans ses jugements, n'entreprenant qu'une chose à la fois, elle sortait depuis longtemps avec le même garçon, Todd Wilkins.

A l'inverse, Jessica multipliait les aventures et cultivait le goût de l'exploit et du risque. On pouvait être certain de la trouver partout où il y avait de l'action. Au cours des années, elle avait appris à compter sur sa sœur pour la tirer des situations délicates dans lesquelles elle ne manquait pas de se fourrer. Jessica éprouvait en fait une véritable adoration pour Elizabeth, c'est pourquoi elle partageait son désespoir, malgré le peu de sympathie que lui inspirait Todd.

Elizabeth et Todd étaient inséparables. Jessica ne pouvait les imaginer l'un sans l'autre et pourtant ce n'était pas faute d'avoir essayé de provoquer une rupture ! A maintes reprises, elle avait tenté de persuader sa sœur qu'elle consacrait trop de temps à son ami et d'attirer son attention sur des garçons "fantastiques". Non pas qu'elle contestât les qualités de celui-ci — jadis, elle avait, vainement, tenté de le séduire...

Brun, les yeux noisette, Todd avait un beau visage aux traits bien découpés et une stature athlétique. En outre, il était le meilleur joueur de basket de Sun Valley et un excellent danseur de rock. Jessica n'ignorait pas ses qualités, Elizabeth les lui avait vantées mille fois, et si elle était prête à les lui reconnaître, cela ne l'empêchait pas de le trouver un peu trop sérieux, voire ennuyeux.

En apprenant la mutation de M. Wilkins, Elizabeth avait subi un véritable choc. A l'issue d'une fête organisée par les élèves du lycée, Todd avait récité un poème d'adieu qui avait surpris tout le monde. Une fois la fête terminée, il lui avait appris que son père venait de recevoir sa nomination pour Burlington dans le Vermont. Sa compagnie lui ayant déjà loué une villa, il avait décidé, avec son épouse, de quitter Sun Valley sans attendre.

« Plus qu'une semaine, gémit Elizabeth en enfouissant sa tête dans ses mains. Je n'arrive pas à y croire. Jess, je ne peux pas imaginer que dimanche matin Todd prendra l'avion...

— Il reviendra pour les week-ends, lança Jessica qui se voulait rassurante.

— Tu n'y penses pas ! se récria Elizabeth. Tu sais combien coûte un billet d'avion ? Le Vermont se trouve à l'autre bout des États-Unis.

— C'est vrai, admit Jess, mais vous n'aurez qu'à vous écrire et vous téléphoner. Et puis en économisant un peu, vous pourrez vous offrir le voyage de temps en temps !

— Ce ne sera pas la même chose, se lamenta Elizabeth en ravalant ses larmes. Je connais Todd depuis si longtemps ! Il fait partie de ma vie. Comment supporter la séparation ? Et quand je pense à tous les projets que nous avions ensemble... »

Elle fondit en larmes. Jessica lui caressa doucement les cheveux.

« *Je ne peux pas la laisser dans cet état,* songea-t-elle. *Il me faut trouver un moyen de la consoler.* » Un instant, elle s'efforça de se mettre à sa place puis y renonça. Elle n'était pas amoureuse de Todd, elle.

A force de réfléchir, elle pensa qu'après tout, le départ du garçon n'était pas si dramatique. Il manquerait quelque temps à Elizabeth, puis elle finirait bien par l'oublier. Alors, elle pourrait sortir avec sa sœur dans les discothèques, ou regarder les beaux garçons au *Dairy Burger* et jouir enfin de la vie. Plus elle y pensait, et plus Jessica se disait que la présence de Todd avait éloigné Elizabeth d'elle et de ses amis et qu'en fin de compte, cette séparation ne serait pas une si mauvaise chose.

Restait à en convaincre sa sœur !

« Si seulement je pouvais changer les choses », gémit Elizabeth en se blottissant dans les bras de Todd.

Entre deux courses ordonnées par son père, le garçon s'était échappé pour rendre une brève visite à son amie. Quelques jours auparavant, Elizabeth n'aurait pu s'empêcher de trouver cette attitude puérile, mais à présent, chaque instant devenait précieux.

Assis, côte à côte, sur une marche du porche de la grande maison blanche, le couple observait d'un œil morne les rares voitures qui circulaient derrière la grille du jardin. Par cette belle et chaude soirée, le soleil couchant jetait des reflets d'or sur la pelouse. Pourtant, Elizabeth demeurait insensible à cette vision. Elle songeait que, plus jamais, elle ne verrait déboucher la vieille Datsun de son ami dans l'allée. Elle ne pouvait s'imaginer allant au lycée en sachant que Todd ne viendrait pas l'embrasser avant le début des cours, qu'elle déjeunerait sans lui à la cafétéria et qu'elle devrait sortir seule le vendredi soir.

Elle avait beau faire, elle n'envisageait pas la vie sans lui et éprouvait un terrible sentiment d'abandon et de désespoir. Soudain les projets qu'elle avait formés avec lui — les régates, la réception organisée par Lila Fowler autour de la piscine de sa somptueuse demeure, la balade avec Olivia Davidson et son copain Roger Patman, lui semblaient dépourvus d'intérêt.

Car là n'était pas le plus important, l'essentiel résidait dans les petites choses de chaque jour : les moments passés en tête à tête, les après-midi au bord de la plage, la pression de la main sur son épaule tandis qu'ils marchaient côte à côte, le timbre grave de sa voix...

« Je n'arrive pas à y croire », souffla-t-elle.

Todd la dévisagea, les yeux pleins de larmes.

« Je sais ce que tu éprouves. Tu te souviens de la fois où tu as failli déménager à San Francisco ? »

Elizabeth approuva d'un hochement de tête.

Mme Wakefield exerçait la profession de décoratrice, et quelques mois plus tôt, on lui avait proposé un travail intéressant dans la grande ville. Effrayées par la perspective de quitter Sun Valley, qu'elles adoraient, les jumelles avaient pesé de tout leur poids pour dissuader leur mère et, à leur grand soulagement, celle-ci avait renoncé.

« Oui, mais cette fois, c'est pire, fit remarquer Elizabeth. Le Vermont est beaucoup plus loin que Frisco et ton père ne risque pas de changer d'avis, lui. »

En prononçant ces derniers mots, Elizabeth avait espéré que Todd la contredirait.

« *Dis-moi que tu ne pars pas,* suppliait-elle intérieurement. *Dis-moi que ton père a changé d'avis.* »

Todd ne fit que confirmer ses craintes.

« C'est vrai, admit-il avec tristesse. Si mon père refusait cette promotion, il risquerait de perdre son boulot.

— Quand nous reverrons-nous ? questionna Elizabeth d'une voix éteinte.

— Bientôt. Je te le promets. Dès que j'aurai effectué les démarches administratives, réglé mon inscription dans le nouveau lycée, je viendrai passer un week-end à Sun Valley. »

« *Son nouveau lycée* », songea Elizabeth avec désespoir. Comment imaginer Todd dans un autre établissement que Sun Valley ? Qui souffrirait le plus de la séparation, lui, qui partait ou elle qui restait ? Elle n'aurait su le dire.

Tout ce qu'elle savait, c'était que la séparation lui paraissait insurmontable.

« Enid t'a dit qu'on allait à la *Beach Disco,* samedi soir ? » demanda Todd pour briser le silence pesant qui s'était installé entre eux.

Elizabeth hocha la tête en soupirant. Enid était sa meilleure amie et elle avait suggéré cette sortie dans l'intention de la distraire et de rendre cette semaine moins pesante à Todd qu'elle appréciait. Cependant, Elizabeth n'avait aucune envie de sortir — même avec des amis — la veille du départ de Todd. Elle se sentait incapable de s'amuser, d'écouter de la musique ou même de danser comme si de rien n'était. La dernière nuit...

« Liz ! Maman a dit qu'on passait à table ! »

La voix de Jessica venait de résonner à l'intérieur de la maison.

« Je reviendrai après dîner », la rassura Todd.

Elizabeth baissa la tête, honteuse de manifester sa tristesse en sachant que son copain souffrait au moins autant qu'elle. Elle redoutait de le quitter même pour un moment ; cela lui rappelait que dans quelques jours...

« D'accord, souffla-t-elle, reviens vite. »

Elle lui tendit ses lèvres qu'il embrassa. Aussi difficile que ce fût, elle devait faire preuve de courage ; elle ne pouvait s'opposer à leur séparation. Au contraire, elle devrait se familiariser avec cette idée. Il leur restait encore une semaine à passer ensemble, il valait mieux ne pas la gâcher et profiter de chaque instant.

Todd monta dans sa voiture et mit le moteur en marche. Elizabeth lui fit au revoir de la main puis rentra dans la maison. *« Combien de temps resterons-nous séparés ? »* se demanda-t-elle encore en refermant la porte. C'était comme si le monde venait de s'écrouler. Elle demeurait là, immobile, à regarder, impuissante.

« Hmm, ça m'a l'air succulent ! » s'exclama M. Wakefield en dépliant sa serviette de table et en louchant sur le gros poulet odorant que son épouse venait de déposer sur la table.

« Rien à voir avec la cuisine du resto U, renchérit Steven, on nous sert de la volaille vieille de cent ans ! »

Les cheveux bruns, les yeux noirs et vifs, le frère aîné des jumelles était tout le portrait de son père. Étudiant à l'Université, il passait presque tous les week-ends dans la maison familiale depuis la disparition tragique de son amie, Patricia.

Mme Wakefield planta une fourchette dans le volatile afin d'en apprécier la cuisson.

« J'espère qu'il ne sera pas trop sec, dit-elle, il est resté dix minutes de trop dans le four.

— Mais non, il sera délicieux, comme d'habitude », la rassura son fils.

Elle lui répondit par un sourire affectueux.

Ce soir, Alice Wakefield était très en beauté dans sa robe bleu pervenche qui s'harmonisait avec ses cheveux blonds et mettait en valeur son corps svelte.

« Le moment est sans doute mal choisi, commença Jessica, mais je voudrais demander quelque chose à papa.

— Je t'écoute, ma chérie.

— Voilà, poursuivit-elle, j'aurais besoin d'une avance sur mon argent de poche.

— Je suis heureux que tu abordes ce sujet, assura son père sur un ton doctoral, car... »

Sans attendre d'autres explications, Jessica anticipa la réponse.

« Tu as décidé de m'augmenter ! s'écria-t-elle en se servant une pleine assiette de salade.

— Ce n'était pas tout à fait mon intention, contesta son père, l'air sévère. Pourrais-tu éclaircir un mystère ? Il s'agit de la note que tu as laissée sur notre compte courant à la boutique ! »

Jessica plaqua une main sur sa bouche.

« Zut ! J'avais oublié !

— Vraiment ?

— Je te jure, papa. Attends, laisse-moi t'expliquer : je me promenais au Mall avec Lila et, tout d'un coup, je suis tombée devant un adorable petit ensemble rouge exposé en vitrine. Le vrai coup de foudre. Alors Lila m'a proposé : "Tu n'as qu'à le prendre et le faire marquer sur le compte de tes parents..."

— Le père de ton amie est milliardaire, protesta M. Wakefield, et je crains qu'il n'en soit pas de même du tien... Aussi, en ce qui concerne une éventuelle augmentation, je t'oppose un refus catégorique. » Il marqua une pause avant d'ajouter : « J'irai même plus loin, ta mère et moi avons décidé d'un commun accord que tu réglerais toi-même cet achat.

— Mais, papa, protesta Jessica d'une voix étranglée, comment veux-tu que je fasse ? Je n'ai pas le sou ! » Elle jeta un regard désespéré à sa mère comme pour réclamer son soutien. « Cet ensemble a coûté cent dollars, où voulez-vous que je trouve une pareille somme ?

— T'es-tu jamais demandé, ma chère Jessica, intervint alors Mme Wakefield, où nous *trouvions* l'argent, ton père et moi ?

— Vous le gagnez en travaillant. »

M. Wakefield applaudit, l'air ironique.

« Bravo ! Voilà une fille intelligente qui comprend à demi-mot. Alors tu sais ce qui te reste à faire...

— Je ne vais tout de même pas travailler, gémit Jessica, je ne peux pas abandonner le lycée à mon âge !

— Il n'en est pas question, en effet, approuva son père. Par contre, tu pourrais trouver un emploi, après les cours ou pendant les week-ends...

— Tu possèdes déjà une certaine expérience, rappela Mme Wakefield, souviens-toi : tu as fait un stage au cabinet de ton père.

— Ne m'en parle pas, supplia Jessica. J'en ai gardé un souvenir *détestable* ! »

Quelques mois auparavant, elle s'était mis en tête de devenir avocate, une fois ses études terminées, et avait réussi à persuader son père de l'employer quelques heures par semaine. Elle s'était imaginée rédigeant des plaidoiries destinées à défendre les faibles et les opprimés, mais s'était vue assignée la tâche de la photocopie et du classement des dossiers. Déçue, elle avait renoncé à embrasser la carrière d'avocate et à devenir célèbre.

« J'ai bossé à peine quelques jours, se défendit-elle, on ne peut pas dire que ce soit une "expérience". Pour moi, ça ne compte pas.

— A propos de "compter", reprit Mme Wakefield en s'efforçant de réprimer un fou rire, tu sais parfaitement le faire. Et tu aurais mieux fait de "compter" avant de t'offrir ce merveilleux petit ensemble. Je suis de l'avis de ton père : je te suggère de prendre un travail...

— Bonne idée, approuva Steven avec un clin d'œil malicieux, ça te fera les pieds.

— Ce n'est pas de ça dont j'ai besoin, riposta Jessica en prenant un air offensé, mais de cent dollars, figure-toi. »

Durant la conversation, Elizabeth avait gardé le silence, écoutant d'une oreille distraite. Depuis le début de la semaine, ses parents s'étaient évertués à lui faire oublier le départ de Todd. Vainement : elle était incapable de penser à autre chose.

« *Cinq jours,* songeait-elle avec désespoir. *Dans cinq jours, il sera parti... Mais rien ne pourra nous séparer. Ni rien ni personne ne pourra mettre fin à notre amour.* »

2

« *L*iz, j'espère que tu n'auras pas trop le cafard, samedi soir », dit Enid en reposant sa fourchette sur la table.

De ses grands yeux verts, elle scrutait le visage fermé de son amie.

« Tu es sympa de nous inviter à la discothèque, assura Elizabeth, ça nous changera les idées à Todd et à moi. Si nous passions la soirée en tête à tête, ce serait sinistre ! »

Les deux amies avaient choisi un endroit à l'écart dans la cafétéria pour bavarder en toute tranquillité.

« Ça va être dur », compatit Enid.

Elizabeth se mit à triturer son pot de yaourt vide en baissant les yeux.

« Oh, la terre ne s'arrêtera pas de tourner pour autant, déclara-t-elle sur un ton faussement désinvolte. Ce n'est pas comme si Todd partait au pôle Nord. On se téléphonera, on s'écrira, Todd m'a promis de venir passer un week-end à Sun Valley. »

Enid leva les yeux au ciel avec une moue d'impatience.

« Liz, j'admire ton courage, mais n'oublie pas que je suis ta meilleure amie et que je te comprends à demi-mot. Alors, arrête de crâner, je t'en prie et dis-moi ce que tu ressens au fond de toi. »

Les larmes perlèrent au bord des paupières d'Elizabeth.

« J'essaye d'avoir l'air forte pour me donner du courage, expliqua-t-elle dans un sanglot. Eni, si tu savais... Je suis si malheureuse ! J'ai peur ! Pour être franche, je me sens incapable de vivre sans Todd !

— Comment envisagez-vous l'avenir ? Vous en avez discuté ? »

Elizabeth leva les mains en un geste résigné.

« Non pas encore, je sais bien qu'il faudrait... Dans le fond, je crois que chacun redoute d'aborder le sujet... En ce qui me concerne, je resterai fidèle ; j'espère que Todd partage les mêmes sentiments.

— Je l'espère pour toi », répondit Enid en buvant une gorgée de Coca-Cola.

Elizabeth demeura songeuse durant quelques instants.

« Il faut que notre amour reste toujours aussi fort, pour cela nous penserons sans cesse l'un à l'autre et nous refuserons les invitations...

— Tu veux dire que... » Enid hésitait de peur de froisser son amie. « Tu veux dire que vous allez vous cloîtrer comme des moines ? »

Elizabeth approuva à grands coups de tête énergiques.

« Je ne peux pas m'imaginer en compagnie d'un autre garçon que Todd ! »

Enid eut une expression de doute qui surprit et peina Elizabeth. Enid, qui la connaissait si bien, comment pouvait-elle un seul instant douter de sa fidélité ?

« Chaque jour, des tas de couples sont obligés de se séparer, affirma Elizabeth, je suppose qu'on doit finir par s'y faire.

— Tout à fait d'accord, s'empressa de la rassurer Enid. D'ailleurs, je ne me fais aucun souci pour toi et pour Todd ! Vous trouverez un moyen de vivre loin l'un de l'autre. Vous avez les pieds sur terre. »

Elizabeth ne put réprimer un geste d'impatience, sa bouche se crispa.

« Oui, je sais, tout le monde vante mon "sens pratique", s'insurgea-t-elle. Pour une fois, je n'ai pas envie de me montrer réaliste.

— Pourquoi ? s'étonna Enid, qu'est-ce que ça changerait ? »

Elizabeth se mordit les lèvres.

« Ce que ça changerait ? reprit-elle. Eh bien, je pourrais me mettre dans la tête qu'il est dingue de s'obstiner à préserver une relation avec un garçon qui se trouve à deux mille kilomètres ; et ça serait la fin de notre histoire. »

D'une chiquenaude, Enid envoya sa boîte de Coca-Cola vide à l'autre bout de la table.

« Deux mille kilomètres, c'est loin, répliqua-t-elle. Personnellement, ça me semble difficile de garder des liens étroits... mais chaque couple est libre d'agir à sa guise...

— Chaque couple est *différent,* précisa Elizabeth. Tout ce que je sais, c'est que je ne permettrai pas que *le mien* souffre de la séparation. Je ne laisserai jamais Todd, Enid, tu m'entends ? »

Elle n'eut pas le temps d'écouter la réponse, car elle venait d'apercevoir Todd. Elle lui fit signe.

Enid méditait en silence, l'air absorbé.

« *Comment peut-elle douter de nous ?* songea Elizabeth. *Todd et moi sommes très capables de résister à une séparation. Même si la terre entière se liguait contre nous !* »

« Tu as fini par trouver un boulot ? » demanda Steven.

Il s'avança vers Jessica qui lézardait au soleil au bord de la piscine par ce bel après-midi et lui ébouriffa gentiment les cheveux. Celle-ci se déroba d'un brusque mouvement de tête.

« Fiche-moi la paix, bougonna-t-elle avec mauvaise humeur, tu ne vois donc pas que je viens de me faire un brushing !

— On ne dirait pas, railla Steven en s'asseyant sur le rebord du bassin. Tu as l'air d'un balai-brosse. Alors, où en es-tu de tes recherches ? »

Jessica haussa les sourcils avec dédain.

« Sache, mon cher frangin, que j'ai trouvé du travail. Je commence samedi.

— Non, sans blague ! » s'exclama Steven. Il ferma les yeux et offrit son visage à la caresse du soleil. Tu vas bosser comme vendeuse dans la boutique qui vend de si jolis ensembles ?

— Très drôle, lança Jessica, vexée, eh bien, tu te gourres. Je suis embauchée comme standardiste-réceptionniste dans un club de rencontres qui s'appelle *Harmonie Parfaite* et il travaille par ordinateur. »

Jessica se redressa sur les coudes pour vérifier la réaction de son aîné. Celui-ci roula des yeux incrédules.

« Je n'en reviens pas ! Toi dans une agence matrimoniale ! C'est un peu comme si on jetait une allumette enflammée dans un baril d'essence ! »

Jessica prit un air offensé.

« Je me demande pourquoi tu réagis aussi bêtement. Mary Ann, c'est la directrice de l'agence, prétend que j'ai des dons naturels et que...

— C'est exactement ce que je voulais dire, railla Steven. En tout cas, voilà la meilleure chose qui pouvait arriver à notre chère bonne vieille ville de Sun Valley. Pendant que tu seras occupée à former des couples, les autres pourront, enfin, filer le parfait amour.

— Si tu veux sortir avec Clara, commença Jessica, tu peux compter sur...

— Sortir avec elle, se récria Steven, tu rigoles ! Je n'ai jamais éprouvé la moindre attirance pour cette fille. Je préférerais me faire moine plutôt que d'avoir une aventure avec elle. Quelle calamité !

— Tu fais allusion à la fameuse soirée ratée, dit Jessica. Tu es injuste ! J'avais cru bien faire en te faisant rencontrer ma meilleure copine. »

Jessica se mordit les lèvres, craignant d'en avoir trop dit...

Un an auparavant, Patricia Martin, l'amie de Steven, avait été emportée par une leucémie. Croyant consoler son frère, Jessica avait organisé un rendez-vous avec Clara. Depuis la mort de son amie, Steven ne s'intéressait plus aux filles, sans parler de Clara qui n'était pas du tout son genre, ce qu'il lui avait d'ailleurs fait comprendre.

Cette fois, il ne s'offensa pas de la déclaration de sa sœur et s'adressa à elle sur un ton radouci.

« Je sais que dans le fond tu souhaitais mon bien et je ne t'en veux pas, mais à l'avenir, je te demande de ne plus t'occuper de mes affaires de cœur ; je suis assez grand pour me trouver une "fiancée", figure-toi. »

Jessica se releva sans rien dire et enroula sa serviette de bains autour de ses hanches fines puis jeta sur son frère un regard appréciateur.

« *Ce qu'il est beau !* » songea-t-elle.

En dépit de ses affirmations, il ne donnait pas l'impression de vouloir rencontrer une fille, car il passait la majeure partie de ses week-ends enfermé dans sa chambre. Certes, Clara n'était pas son âme-sœur, ce qui ne signifiait pas qu'il n'y en eût pas... et Jessica ne désespérait pas de la lui faire rencontrer.

En traversant le patio et en pénétrant dans le vestibule, elle se dit que le club de rencontres *Harmonie Parfaite* était l'endroit idéal pour dégoter à Steven la femme de sa vie.

« Je peux entrer ? » interrogea Steven en passant la tête dans l'entrebâillement de la porte.

Elizabeth s'était retirée dans sa chambre afin de rédiger un article pour *L'Oracle*, le journal du lycée.

« Bien sûr, répondit-elle, tu ne me déranges absolument pas. Je manque d'inspiration cet après-midi. »

Steven se laissa choir sur le lit et examina les photos qui jonchaient le dessus de la commode et les étagères ; la plupart représentaient Todd.

« Il va te manquer », remarqua-t-il.

Elizabeth approuva d'un hochement de tête. Un instant, elle fut sur le point de s'épancher puis se ravisa. *« Ce serait un manque de tact,* se dit-elle, *mon chagrin est dérisoire, comparé à celui que Steven a dû ressentir à la mort de Patricia. »* Elle, était disparue à tout jamais et Steven, lui, ne pouvait se consoler en attendant des retrouvailles.

« Tu veux qu'on parle ? demanda-t-il d'une voix douce. Parfois, ça fait du bien de se confier. »

Les lèvres d'Elizabeth se mirent à trembler.

« J'aimerais bien... mais j'ai peur de te paraître ridicule, ce qui m'arrive n'est rien comparé à...

— Tu te trompes, là, reprit Steven. Tu sais, je comprends ta peine. Il y a très longtemps que tu sors avec Todd et de plus, vous ne vous quittiez pratiquement jamais. »

Elizabeth renifla et essuya ses larmes.

« Ce sera dur, concéda-t-elle, déjà on ne peut rien faire sans penser que c'est la dernière fois !

— Je sais. Il n'y a rien de plus terrible que d'envisager la fin de...

— Ce ne sera pas la fin, protesta Elizabeth. Todd et moi resterons en contact, on se téléphonera, on s'écrira et on essaiera de se voir aussi souvent que possible.

— Liz, est-ce que je peux te poser une question indiscrète ?

— Bien sûr.

— Quel genre de relation comptes-tu avoir avec Todd une fois que vous vous trouverez à deux mille kilomètres l'un de l'autre ?

— Qu'est-ce que tu veux dire ? s'étonna Elizabeth. Tu parles de rester fidèle ou quoi ?

— Plus ou moins. »

Elizabeth passa une main dans ses cheveux.

« On ne s'est pas encore posé la question, avoua-t-elle, mais je suis presque certaine que ni moi ni Todd n'envisageons d'avoir d'autre relation.

— Permets-moi de te donner un conseil fraternel, Liz.

— Lequel ?

— Tu vas sans doute penser que je suis un monstre de te parler ainsi *en ce moment*, mais je suis persuadé que tu as tort. »

Elizabeth mordilla son stylo avec agacement. Et voilà que ça continuait ! Pour commencer, Enid et puis à présent, Steven ! Tous deux doutaient de ses décisions. De quel droit se permettaient-ils de lui prodiguer des conseils ? Elle n'avait pas besoin qu'on insiste sur les difficultés qu'entraînait une séparation, elle en avait parfaitement conscience.

« Je connais pas mal d'étudiants à l'Université, poursuivit Steven, qui sont séparés de leur copain ou copine et qui ont fait une sorte de serment de fidélité. Eh bien, je peux t'assurer qu'à force de refuser les sorties et de rester dans leur coin, ils deviennent encore plus malheureux. Le plus fort, c'est qu'ils se mettent à douter et cela débouche presque toujours sur une rupture.

— C'est vrai pour la plupart des couples, admit Elizabeth, avec réticence, mais pour Todd et moi, c'est différent. D'ailleurs, je n'ai jamais prétendu renoncer à voir mes amis ; j'ai seulement voulu dire que *je ne sortirai* pas avec un autre garçon et que je resterai fidèle. J'attends la même chose de Todd. »

Steven se redressa et s'étira.

« Parfait. Tu sais ce que tu fais. Et tu respectes toujours tes engagements. Alors, je n'ai plus rien à dire. »

Elizabeth jeta sur son frère un regard peiné. Lui aussi insinuait qu'elle risquait de gâcher sa vie par amour. *« Peu importe ce qu'ils pensent, songea-t-elle avec amertume, Todd et moi formons un vrai couple et nous le resterons envers et contre tout. »*

3

*L*e samedi après-midi, Jessica trônait dans le fauteuil en cuir rose du luxueux bureau de l'agence *Harmonie Parfaite*. Elle assumait l'accueil en l'absence de Mary Ann la directrice, retenue à un déjeuner d'affaires.

« Vous n'aurez qu'à répondre au téléphone et à prendre les messages », lui avait précisé la jeune femme avant de se retirer.

Vers quinze heures, Jessica commença à s'ennuyer ferme et à trouver le travail fastidieux et monotone. Comme on le lui avait recommandé, elle avait transcrit les appels téléphoniques sur un carnet rose en forme de cœur. Elle qui s'attendait à recevoir des messages d'hommes charmeurs et séduisants, n'avait eu affaire qu'à des femmes seules ou abandonnées dont la plupart voulaient recevoir confirmation de leur rendez-vous avec l'homme qui allait, sans doute, devenir le compagnon de leur vie...

« *Parmi toutes ces malheureuses créatures solitaires,* rumina Jessica en inscrivant le douzième appel, *l'une d'entre elles conviendrait peut-être à Steven ? Il suffisait de...* » C'était là une idée séduisante, mais elle ne la retint pas, car elle avait peur de mettre son frère en contact avec une femme sans intérêt ou dont la conduite ne serait pas irréprochable. Par contre, si elle épluchait les dossiers confidentiels que Mary Ann conservait dans son bureau, elle trouverait sans doute des sujets au caractère susceptible de convenir à celui de son aîné.

Jessica se dirigea donc vers le bureau de la directrice ; comme elle s'apprêtait à poser la main sur la poignée, Mary Ann apparut dans l'entrée.

« Que cherchez-vous, Jessica ? » demanda-t-elle d'un ton affable.

Jessica sursauta, comme prise en faute.

« J'allais consulter vos dossiers... pour... »

Mary Ann haussa les sourcils, surprise.

« Vous ne faites donc pas confiance à l'ordinateur ?

— On ne sait jamais, railla Jessica. Non, je plaisantais, mais je me suis dit que les dossiers pourraient me fournir des renseignements supplémentaires sur les femmes qui sont inscrites dans votre club.

— C'est tout à votre honneur, la félicita Mary Ann. Je vous ai embauchée pour répondre au téléphone, mais si vous souhaitez avoir plus de responsabilités, je vous laisse carte blanche. »

Le visage de Jessica s'illumina.

« Vous êtes gentille ! » s'exclama-t-elle avec reconnaissance.

Mary Ann lui remit un porte-clefs en forme de cœur auquel était attachée une petite clef dorée.

« Voici la clef du fichier qui se trouve dans mon bureau, surtout ne la perdez pas. Les dossiers doivent rester confidentiels.

— N'ayez crainte, je vous remercie de votre confiance. »

A la grande surprise de Jessica, le reste de l'après-midi s'écoula comme par enchantement. Mary Ann, jeune femme brune aux cheveux bruns bouclés et au joli visage ovale, possédait un caractère gai et enjoué, et Jessica prit plaisir à travailler avec elle. Très vite, elle fut amenée à se confier à elle comme à une amie de longue date et, bien entendu, elle lui parla d'Elizabeth et de Todd.

« Ça va peut-être vous choquer, déclara-t-elle en mordillant son crayon rose, comme tout ce qui se trouvait dans le club, mais pour moi, la séparation était la meilleure chose qui pouvait leur arriver *à tous deux*. Ils commençaient à s'encroûter et à ressembler à un vieux couple. Elizabeth n'accepte jamais de sortir sans son cher et tendre Todd et chaque fois que j'ai le malheur de l'inviter à une fête ou à une soirée, elle me regarde comme si je cherchais à la débaucher ou je ne sais quoi !

— Cela prouve que votre sœur est très heureuse avec son petit ami, conclut Mary Ann.

— Peut-être. En tout cas, elle gâche sa jeunesse, bougonna Jessica. Personnellement, je suis convaincue que Todd ne convient pas du tout à ma sœur, il lui ressemble beaucoup trop. Tous deux sont intelligents, gentils, raisonnables, bourrés de qualités, mais...

— Le couple idéal, approuva Mary Ann. Que leur reprochez-vous ? Au contraire, ils feraient une bonne publicité pour *Harmonie Parfaite !* »

Jessica hocha la tête d'un air de doute.

« Ils sont trop bien, c'est ça le problème. Pris séparément, passe encore mais, ensemble, ils sont d'un barbant ! Oui, Liz pourrait se trouver un autre copain.

— Depuis qu'elle sort avec Todd, elle ne lui a jamais fait d'infidélité ? » s'enquit Mary Ann.

Jessica réfléchit quelques instants.

« N... non, pas que je sache. Il y a bien eu cette histoire avec Nicholas Morrow, mais on ne peut pas dire que ma sœur soit *sortie* avec lui. Il était amoureux d'elle mais elle ne lui a pas accordé la moindre faveur.

— Qui est Nicholas Morrow ?

— Le type le plus beau, le plus sexy, le plus fantastique que j'aie jamais rencontré. Il a dix-huit ans et habite avec sa famille dans une magnifique villa sur la colline (il faut dire que ses parents sont très riches). Il a des cheveux noirs, des yeux verts magnifiques, et en plus, il est bâti comme un Apollon. Et savez-vous ce que Liz lui a répondu quand il lui a avoué ses sentiments ?

— Non, mais je serais curieuse de l'apprendre.

— Qu'elle était amoureuse de Todd et que, par conséquent, ils devaient rester bons amis. C'est dingue, non ? A la place de ma sœur, je serais morte de bonheur. »

Jessica avait eu le coup de foudre pour Nicholas, dès leur première rencontre, et elle avait eu du mal à admettre qu'Elizabeth ait pu le repousser. Aujourd'hui encore, elle en voulait à sa jumelle d'avoir rejeté un Prince Charmant aussi providentiel.

Eh bien, il fallait se résigner, Nicholas Morrow était perdu à jamais pour les sœurs Wakefield.

A moins que... Une pensée soudaine venait de lui traverser l'esprit : à moins qu'elle ne parvienne à le persuader qu'après le départ de Todd, Elizabeth avait besoin d'être consolée. Si, jadis, Elizabeth avait repoussé les avances de Nicholas à cause de Todd qui ne la lâchait pas d'une semelle, lui parti, la situation devenait tout à fait différente.

« *Quel beau couple ils feraient !* » songea Jessica avec extase.

Le samedi soir, à la discothèque, Jessica s'approcha de Nicholas et lui susurra au creux de l'oreille :

« Liz est en beauté ce soir, tu ne trouves pas ? »

Du menton, elle désigna sa jumelle qui dansait blottie dans les bras de Todd.

« Tu as raison », approuva Nicholas.

Jessica le trouvait particulièrement séduisant, dans son blazer bleu marine et sa chemise blanche.

« Tu sais, chuchota-t-elle, je suis sûre que Liz aura besoin d'une âme charitable pour la consoler après le départ de Todd. »

Nicholas haussa les sourcils, sceptique.

« Pour l'instant, elle est en de bonnes mains ! »

Jessica pouffa.

« Évidemment, cette soirée est une soirée d'adieu ! Mais attends quelques jours qu'ils soient séparés, tu verras que Liz aura besoin d'être réconfortée et entourée de ses amis ; or, si je ne m'abuse, tu en fais partie ? Si tu vois ce que je veux dire... »

Nicholas jeta un coup d'œil pensif en direction d'Elizabeth.

« Merci pour le tuyau, Jess. »

Jessica le suivit d'un regard songeur, alors qu'il s'apprêtait à rejoindre Enid Rollins et Winston Egbert au bar.

Plus elle réfléchissait, et plus l'idée de lier Nicholas avec sa sœur lui semblait séduisante. Nicholas était le garçon idéal ; un peu plus âgé qu'Elizabeth, il avait une mentalité différente, car il avait reçu une autre éducation ; et surtout, il avait l'immense mérite de ne pas partir pour le Vermont...

Pourtant, depuis que Todd s'apprêtait à déménager, il lui paraissait beaucoup plus sympathique. Ce soir, notamment, elle était prête à le trouver presque aussi attirant que Nicholas. Lui parti, l'horizon d'Elizabeth s'élargirait enfin et, grâce à Jessica et à Nicholas, elle cesserait vite de se morfondre et de pleurer. Il fallait sauver Elizabeth avant qu'elle ne finisse ses jours au fond d'un couvent et Nicholas Morrow était le garçon tout désigné.

« Je suis fatiguée de danser, chuchota Elizabeth à l'oreille de Todd, alors que l'orchestre s'apprêtait à attaquer un nouveau rock. Si on se retrouvait seuls pour bavarder un peu... demain tu... t'en vas...

— Sortons prendre l'air, proposa Todd, j'aimerais admirer l'océan une dernière fois. »

Le couple s'éclipsa par la porte du fond et se retrouva sur la plage toute chargée d'embruns du large. Ils se mirent à marcher le long de la grève.

« Regarde ! » s'exclama Elizabeth en désignant la pleine lune qui brillait d'un éclat laiteux.

Todd l'obligea à s'arrêter et la regarda au fond des yeux.

« Liz », chuchota-t-il.

Il l'enlaça et elle sentit battre son cœur contre sa poitrine, ses lèvres se posèrent sur les siennes ; son visage était humide de larmes.

« Marchons », fit-il en lui prenant la main, et en l'entraînant au bord de l'eau.

Ils avancèrent à pas lents, indifférents au doux clapotis des vagues qui venaient s'échouer sur le sable humide et à la clarté de la lune qui se reflétait sur la surface immobile de l'océan. Tout ce dont ils avaient conscience, c'était de la présence proche et rassurante l'un de l'autre.

« Liz, dit à nouveau Todd. J'aimerais te faire un cadeau. Un souvenir que tu porteras toujours... »

Il plongea la main dans sa poche et en ressortit un petit écrin noir. Elizabeth l'ouvrit et vit un médaillon en or qu'elle s'empressa de fixer à la chaîne qu'elle portait autour de son cou.

« C'est beau, murmura-t-elle, émue jusqu'aux larmes. Je ne l'enlèverai jamais. »

Todd l'observa un instant, puis baissa les yeux.

« J'ai eu une discussion avec mon père, avoua-t-il ; il prétend que ce serait égoïste d'exiger la fidélité... d'après lui, je dois t'encourager à sortir avec d'autres garçons. Mais je... ne...

— Je sais, l'interrompit doucement Elizabeth ; tout le monde m'a tenu le même raisonnement. Rien ne nous oblige à obéir. Il ne faut écouter que notre cœur et si tu ressens pour moi ce que je ressens pour toi...

— Je t'aime, souffla Todd en l'attirant à lui. Je ne peux pas m'imaginer tenant une autre fille dans mes bras.

— C'est toi que je veux, toi seul, renchérit Elizabeth en l'étreignant en retour. Personne ne nous dictera notre conduite.

39

— Je suis heureux que tu parles ainsi, avoua Todd, si jamais j'apprenais que tu sors avec un autre, je ne pourrais pas le supporter.

— Ne t'inquiète pas, cela n'arrivera jamais, le rassura Elizabeth. Je t'écrirai tous les jours. Je vais chercher un petit boulot qui me permettra de gagner un peu d'argent ; comme ça, je pourrai me payer le voyage jusque dans le Vermont. » Elle enfouit sa tête contre son épaule. « Oh Todd, dit-elle dans un sanglot, je t'aime tant. J'ai peur de ne pouvoir supporter notre séparation...

— Je t'aime, moi aussi, ma chérie. Mais nous n'avons pas le choix, nous devons nous montrer courageux. N'aie pas peur, la distance ne pourra rien contre nous.

— Je ne t'oublierai jamais », s'écria Elizabeth.

Elle fondit en larmes. Elle avait l'impression que son cœur allait se briser. Ne vivait-elle pas un cauchemar ? N'allait-elle pas bientôt se réveiller ?

« Non, c'est la réalité », songea-t-elle avec désespoir.

4

*L*e dimanche après-midi, tout en assurant la permanence au club de rencontres, Jessica fouillait dans le classeur métallique, à la recherche d'une âme sœur pour Steven.

Chaque dossier contenait un questionnaire détaillé, plus une feuille rose sur laquelle Mary Ann avait griffonné des annotations.

Après plus d'une heure d'investigations, Jessica sélectionna trois candidates :

La première s'appelait Béatrice Barber et se décrivait : "Très jolie femme, âgée de quarante-trois ans, ayant le sens de l'humour, divorcée d'un banquier."

Jessica se dit qu'elle devait être très riche et qu'il serait excellent pour Steven d'avoir une expérience avec une femme "mûre". (Dans de nombreux magazines, Jessica avait lu que tout garçon devrait, au moins une fois dans sa vie, avoir une aventure avec une femme plus âgée.) La seconde, Jody Macguire, âgée de vingt ans, "s'intéressait au cinéma, à la philosophie grecque et aux langues étrangères". *« Une intellectuelle, pas mal non plus »,* songea Jessica.

La troisième se nommait Melissa Porter, "adorait faire la cuisine et s'occuper de son intérieur". Peut-être Steven avait-il besoin de se faire dorloter après le deuil cruel qu'il avait subi.

Satisfaite de ses trouvailles, Jessica s'empressa de composer le numéro de Béatrice Barber.

« Madame Barber ?

— Oui, c'est moi, répondit une voix au timbre grave.

— Ici, le club *Harmonie Parfaite,* j'ai le plaisir de vous informer que notre ordinateur vient de sélectionner l'homme de votre vie.

— Pas possible ! s'exclama la dame sur un ton réjoui. Parlez-moi de lui...

— Son nom est Steve, Steve Wakefield, il est *plutôt* jeune, beau garçon, intelligent et spirituel. Je pourrais vous fournir des tas de renseignements, mais le mieux est que vous entriez en contact avec lui ; je vais vous donner ses coordonnées. Ah, j'oubliais, un petit détail, soyez gentille de ne pas dire à M. Wakefield que notre agence vous a communiqué son identité, M. Wakefield est une nature très secrète et...

— Ne vous inquiétez pas, je comprends. Je vous remercie de m'avoir prévenue, pourvu que tout se passe bien ! »

« *Quelle sœur fantastique je fais,* s'extasia Jessica après avoir raccroché. *Grâce à moi, Steven va enfin avoir une amie !* »

Elle ne voulait pas se précipiter avant de contacter les deux autres candidates, elle préférait attendre de connaître le résultat de la rencontre avec Béatrice Barber.

Dans tous les cas, Jessica était décidée à faire oublier Patricia Martin à son frère.

Assise sur une marche du perron, Elizabeth regardait avec tristesse la famille Wilkins entasser les bagages dans la voiture.

« Qu'allez-vous faire de votre mobilier ? » demanda-t-elle au père de Todd.

Celui-ci se pencha vers elle et lui caressa les cheveux.

« Ne vous inquiétez pas, ma petite Elizabeth, j'ai chargé mon ami, Sam Egbert, de s'occuper de tout. »

M. Egbert, le père de Winston, exerçait la profession d'agent immobilier et devait s'occuper de vendre la maison des Wilkins après leur départ.

« Et les meubles ? » insista Elizabeth.

Un espoir insensé lui soufflait qu'un empêchement de dernière minute allait retenir les parents de Todd à Sun Valley.

« Sam nous les fera expédier. »

Elizabeth jeta un coup d'œil malheureux vers Todd, occupé à boucler sa valise. Tout semblait si irréversible, si définitif.

« Ne vous inquiétez pas, Liz, vous reverrez votre ami », assura Mme Wilkins qui avait remarqué la mine défaite de la pauvre Elizabeth.

Celle-ci approuva dans une sorte d'hébétude. Son visage trahissait ses émotions. Le simple fait de regarder Todd lui faisait mal. Elle redoutait d'éclater en sanglots.

M. Wilkins s'adressa à son fils.

« Bien, fit-il en s'assurant que le break était chargé, si nous ne voulons pas rater l'avion, il faudrait songer à partir pour l'aéroport. Todd, j'imagine que tu meurs d'envie de passer quelques instants avec Elizabeth.

— Tu viens, Liz ? dit Todd en la prenant par la main et en l'obligeant à se lever. On va faire un tour. »

Il lui enlaça la taille et elle se laissa entraîner, soulagée, malgré tout, qu'ils puissent avoir quelques derniers instants d'intimité avant le départ du garçon. Ensemble, ils contournèrent la maison.

« Hier soir, commença Todd, je m'étais promis de... » Sa voix se brisa, les larmes lui montèrent aux yeux. « Je m'étais promis, reprit-il, d'être courageux... et voilà que... »

Elizabeth n'aurait jamais imaginé que cette séparation put être aussi douloureuse. Outre sa propre peine, le chagrin de Todd la bouleversait. Éclatant en sanglots, elle se jeta dans ses bras.

Il lui sembla qu'elle venait à peine de s'y blottir lorsque déjà la voix de M. Wilkins s'éleva :

« Todd !

— Je dois partir », souffla celui-ci en s'arrachant à l'étreinte de son amie.

Il lui prit les poignets et la regarda comme s'il voulait à jamais graver les traits de son visage dans sa mémoire.

« Tu me téléphoneras, sanglota Elizabeth.

— Bien sûr. »

Ils firent le tour de la maison et s'avancèrent à pas lents vers la voiture garée dans l'allée.

« *Dans une minute,* songea Elizabeth, *il sera parti.* »

« Va-t'en, lui dit-elle en détournant les yeux. Tes parents sont prêts.

— Non, pars la première, supplia Todd. Je ne veux pas que tu te retrouves seule ici après mon départ. »

Elizabeth salua les Wilkins d'un rapide geste de la main, embrassa Todd, puis s'engagea dans l'allée. Elle fit quelques pas. Elle *sentait* le regard de Todd braqué sur elle. Alors elle céda à la panique qui l'envahissait et se retourna. Todd avait déjà la main sur la poignée du break. Elle reprit son chemin. *« Un pas après l'autre,* s'ordonna-t-elle, *et quand j'aurai atteint... »*

Elle fit une brusque volte-face.

« Todd ! hurla-t-elle en courant vers lui et en s'agrippant à son cou. Tu vas me manquer. »

Comprenant qu'elle n'aurait pas le courage de l'abandonner, il se dégagea doucement puis s'engouffra dans la voiture.

M. Wilkins démarra en trombe, Elizabeth suivit le break des yeux jusqu'au tournant de l'allée ; puis tout à coup, elle ne vit plus rien. Et elle se retrouva seule et abandonnée.

« Il y a quelqu'un à la maison ? » claironna Jessica en refermant la porte d'entrée.

Elle jeta son sac sur la table du vestibule, et comme personne n'avait répondu, se dirigea vers le patio d'où il lui semblait avoir entendu des éclats de voix. Là, elle trouva Steven qui discutait avec ses parents.

« Je te croyais à la fac, Steve.

— Tu veux te débarrasser de moi, ma parole, plaisanta le garçon. Rassure-toi, je mets les voiles, ce soir. Mais avant, j'aurais aimé parler avec Liz.

— Nous nous inquiétons pour elle, ajouta M. Wakefield en s'adressant à sa fille. Elle est allée faire ses adieux à Todd et ta mère et moi craignons qu'elle se retrouve bien seule après le départ de son ami. Il faudra te montrer particulièrement gentille à son retour. »

Jessica se frappa le front.

« Zut ! J'avais oublié, c'est aujourd'hui les grands Adieux !

— Oui, confirma sa mère. A ce propos, Jess, j'aimerais savoir : Liz t'a-t-elle fait des confidences ? Il ne faudrait pas qu'elle garde son chagrin pour elle seule et...

— Qui te dit qu'elle a du chagrin ? interrogea Jessica, sur un ton agressif. Peut-être qu'elle est soulagée de voir Todd s'en aller et qu'elle n'ose se l'avouer ?

— Tu es injuste et méchante, protesta Steven, qu'est-ce qui te permet de penser de telles idioties ?

— Bof, rien. »

Alice Wakefield lança à sa fille un regard réprobateur.

« Tu te trompes, ma chérie. A l'heure qu'il est, Liz a le cœur brisé. »

Jessica prit un air coupable.

« Dans ce cas, c'est à nous de lui remonter le moral...

— Chut ! souffla Steven. Je crois que Liz vient d'arriver. »

En effet, celle-ci fit son apparition. Jessica ne put s'empêcher d'être émue en remarquant son expression absente et ses paupières gonflées et rougies. Mme Wakefield s'avança vers sa fille et la serra dans ses bras.

« Ça n'a pas été trop dur, ma chérie ? »

Elizabeth éluda la question et baissa la tête.

« Je monte me coucher.

— Sans dîner ? s'étonna Mme Wakefield.

— Je n'ai pas faim, maman. »

Jessica dévisageait sa jumelle avec stupéfaction. Pour qu'elle ait l'air si désespéré et refuse de s'alimenter, il fallait qu'elle souffre.

« *Pauvre Liz, songea-t-elle avec pitié, je ne vais pas t'abandonner. Nicholas et moi, on va s'occuper de toi.* »

5

« *H*eureusement que la Fiat est à nous maintenant ! » s'exclama Jessica en frappant d'un geste possessif sur le volant de la petite voiture rouge.

En conduisant sur la route ombragée qui menait au lycée, elle pensait à tout ce qu'elle aurait à faire durant la semaine : l'entraînement avec les majorettes, deux après-midi au club de rencontres, l'achat d'une nouvelle robe pour la soirée de Lila... Jamais elle ne serait parvenue à bout de tout, sans le secours de la voiture qui était à présent à son entière disposition.

Elizabeth leva les yeux de la feuille de papier noircie de son écriture nette et régulière.

« Mmou...i, dit-elle d'une voix distraite.

— Qu'est-ce que tu lis ? interrogea Jessica. Un article pour *L'Oracle* ? »

Elizabeth s'abstint de répondre. Rédactrice de la rubrique *"Les Yeux et les Oreilles"*, elle était tenue de rédiger une colonne hebdomadaire. D'habitude, elle s'y prenait longtemps à l'avance, mais depuis le départ de Todd, elle avait négligé le journal et consacré tous ses moments de loisir à écrire à son copain. Elle relisait la lettre commencée la veille. Elle l'enfouit dans sa poche.

« Oh ! ce n'est rien d'important, mentit-elle.

— Encore de la prose pour ton chéri », railla Jessica sans cesser de surveiller la route.

Elizabeth avoua dans un soupir.

« Oui. Je voudrais profiter de l'heure du déjeuner pour me rendre à la poste.

— Liz, la gronda Jessica, en jetant un coup d'œil dans le rétroviseur. Tu ne peux pas manger tranquille ! Pourquoi est-ce que tu n'as pas confié ta lettre à Papa ? Il l'aurait expédiée avec le courrier du bureau.

— Ça prend un jour de plus, rétorqua Elizabeth, et puis je ne voudrais pas que...

— Tu n'as tout de même pas peur que papa mette le nez dans tes affaires ! », se récria Jessica, offusquée.

Elle lança vers sa sœur un regard lourd de reproche.

« Bien sûr que non, la rassura Elizabeth. Seulement... » Elle hésitait. « Je préfère la poster moi-même, comme ça, j'ai l'impression d'être plus proche de Todd. »

Sa voix s'était brisée en prononçant le prénom de son ami.

Jessica la dévisagea avec inquiétude. « *Mon Dieu,* songea-t-elle, *je n'aurais jamais pensé qu'elle soit mordue à ce point !* »

« Et si on allait au cinéma ce soir ? proposa-t-elle pour créer une diversion. Il y a une éternité qu'on n'est pas sorties ensemble, rien que toutes les deux. »

Elizabeth la remercia d'un pauvre sourire.

« Tu es gentille, Jess, mais j'ai un article à rédiger et puis si...

— Todd téléphonait et que tu ne sois pas là, termina Jessica, sarcastique, ce serait dramatique ! »

Elle engagea la voiture dans le parking réservé aux lycéens.

Elizabeth fit semblant de regarder à travers la vitre. Sa sœur avait deviné juste. Pour rien au monde, elle n'aurait voulu manquer un appel de Todd. Il lui avait téléphoné trois fois cette semaine et sa voix était comme une petite lumière qui éclairait la grisaille de ces journées terribles et interminables.

Elizabeth n'aurait jamais cru que la séparation fût aussi difficile à supporter. Chaque jour, à chaque heure, à chaque minute, un flot de souvenirs déferlait sur elle : les gens, les lieux, les sensations ; tout lui rappelait Todd.

Sans lui, la vie semblait insignifiante et vide. Elle n'avait aucun plaisir à rédiger la rubrique, *"Les Yeux et les Oreilles"* sans la contribution de Todd qui, lorsqu'il était là, ne manquait pas de lui donner des idées originales ou amusantes. A présent qu'ils ne pouvaient plus discuter ensemble, elle n'avait plus de plaisir à étudier. La pensée de se rendre au cinéma, seule ou avec des copains, ne la séduisait pas davantage. Cette semaine, elle avait accompli son travail quotidien comme un automate. Au lycée, elle ne cessait de consulter sa montre, attendant avec impatience la fin des cours pour se précipiter chez elle et vérifier la boîte à lettres. Les uniques moments où elle cessait d'éprouver ce terrible sentiment de solitude et d'abandon étaient ceux où elle écrivait à Todd. Alors, elle pouvait s'oublier elle-même et s'abandonner... En lui faisant part de ses pensées et de ses sentiments, elle avait l'illusion qu'il se trouvait là, tout proche...

Jessica interrompit le cours de sa rêverie par un appel sonore.

« Hé, Liz, à quoi rêvais-tu ? Tu es à des milliers de kilomètres ! Je te demandais si tu... »

« *A deux mille, exactement,* songea Elizabeth avec désespoir, *la distance qui sépare Burlington de Sun Valley.* »

Puis, prenant ses livres de cours, elle ouvrit la portière et descendit de la voiture.

« Je t'ai demandé, reprit Jessica en séparant bien chaque syllabe, si tu déjeunais avec moi. »

Elizabeth fit passer sa queue de cheval d'une épaule sur l'autre.

« Je t'ai déjà expliqué que je ne mangeais pas, s'impatienta-t-elle en jetant un regard nostalgique vers l'emplacement de parking où Todd avait l'habitude de se garer. Tu es gentille, Jess, mais...

— Ne me dis pas que tu vas organiser des rendez-vous télépathiques quotidiens avec ton lointain chéri », railla Jessica.

Elizabeth feignit d'ignorer la remarque de sa sœur. Une seule pensée importait : il lui faudrait passer la journée sans Todd ; une longue et interminable journée.

« *Mon Dieu,* se lamenta-t-elle, *j'arriverai peut-être à tenir aujourd'hui, mais qu'en sera-t-il demain et des jours suivants ?* »

Comment aurait-elle la force d'attendre jusqu'au retour de Todd ? Pour l'instant, il était préférable de ne pas y penser et de vivre au jour le jour, dans l'espoir que sa peine finirait par s'atténuer.

« *Si ça ne change pas,* se dit-elle, *j'en mourrai de chagrin.* »

Clara se pencha vers Jessica au-dessus de la table de la cafétéria pour lui parler doucement.

« Moi, je comprends Liz ; à sa place, je me comporterais de la même manière. Tu n'as pas de cœur, Jess. »

Froissant le paquet de chips qu'elle venait de terminer, elle s'essuya les doigts avec délicatesse. Jessica, mince de nature, ne se refusait aucune gâterie et dégustait une sundae.

« Tu as tort, protesta-t-elle, Liz prend les choses beaucoup trop au tragique ! Je ne remets pas en cause ses sentiments, s'empressa-t-elle d'ajouter, Todd lui manque. Mais de là à se comporter en veuve inconsolable ! Elle ne va tout de même pas passer sa vie à lui écrire ! »

Clara eut un geste vague.

« Tu es injuste et mesquine, Jess. Que veux-tu qu'elle fasse d'autre ? Elle doit se sentir si seule ! »

Jessica arbora une expression de triomphe.

« Voilà, tu as lâché le mot ! Elizabeth est *seule*, il me faut trouver un moyen pour changer ça. »

Le visage de Clara exprimait le doute et la lassitude. Jessica lui jeta un regard à la dérobée ; elle ne la reconnaissait plus : son amie si vive et moqueuse était devenue soudain distante et renfermée. (Jessica avait mené son enquête personnelle et avait appris que les parents de Clara étaient sur le point de se séparer.) Peut-être était-ce là la raison de son changement d'expression...

« Ta sœur a besoin de rester seule pour se retrouver », suggéra Clara.

Jessica arrondit les sourcils en une moue de surprise. Décidément, son amie se comportait en vraie rabat-joie.

« Qu'est-ce qui ne va pas ? demanda Jessica, tu n'es pas drôle, aujourd'hui. »

Les yeux de Clara s'emplirent de larmes, elle détourna la tête.

« Mon père est parti, il nous a abandonnés. »

Mais son regard disait clairement : et c'est tout ce que j'ai à dire pour l'instant. « Moi, je comprends Liz. Je te le répète, donne-lui un peu de temps. Elle arrivera à surmonter son chagrin, c'est une fille courageuse. »

Jessica dévisagea son amie avec incrédulité.

« *Qu'est-ce qu'elle en sait ?* » s'interrogeat-elle. Elle était sur le point de se moquer de Clara, mais devant son expression sinistre, elle préféra s'abstenir et déclara :

« Merci de tes conseils. Mais pour moi, Liz file un mauvais coton et j'ai bien l'intention d'intervenir avant qu'elle se terre dans sa chambre pour le restant de ses jours. »

Le visage de Clara se crispa.

« Tu sais ce que tu as à faire, Liz est ta sœur jumelle, après tout. »

Jessica poussa un soupir excédé. Décidément, elle n'était environnée que de cafardeux !

« Figure-toi, dit-elle comme en proie à une idée lumineuse, que j'ai un moyen pour sortir Liz de sa déprime.

— Ah oui ! Lequel ?

— M. Collins.

— Tu ne veux pas dire... que Liz et lui... » s'exclama Clara, horrifiée.

Jessica éclata de rire.

« Mais non, pauvre idiote ! Tu n'y es pas du tout ! Je vais demander à notre cher professeur de charger Liz d'un boulot qui l'occupera et l'empêchera de penser à qui tu sais.

— Excellente idée », approuva Clara pour la première fois depuis le début de la conversation.

Au fond d'elle-même, elle rectifia : « *Trop bonne pour être honnête.* »

En effet, cela ne ressemblait pas du tout à Jessica de se montrer généreuse sans arrière-pensée. Que pouvait-elle bien encore mijoter ?

« Tu vois, tu es de mon avis », dit Jessica d'un ton triomphal.

Elle se leva brusquement de table et repoussa sa chaise. « Je file parler à M. Collins. »

Jessica avait jugé préférable de ne pas révéler le contenu de son projet à son amie. En fait, elle voulait persuader le professeur de littérature de confier à Elizabeth le reportage sur les régates, qui avaient lieu samedi. Nicholas Morrow participait à cette course et était même désigné comme le favori. Avec un peu de chance, il inviterait Elizabeth sur son voilier.

A moins, songea-t-elle avec un sourire radieux, que ce ne soit dans ses bras !

« Tu en as mis un temps pour rentrer ! » s'exclama Jessica.

Puis, se plantant devant le miroir de la chambre, elle passa une brosse dans ses cheveux blonds. Elizabeth s'interrompit dans la lecture de son roman.

« M. Collins m'a retenue après les cours. Il voudrait que j'écrive un article sur les régates. »

Une lueur malicieuse s'alluma dans les yeux bleu-vert de Jessica, elle s'écria :

« Un reportage ! Fantastique !

— Tiens, s'étonna Elizabeth. Je ne te savais pas si férue de journalisme. »

Jessica se croisa les bras.

« Je me réjouis que tu t'intéresses enfin à ce qui se passe *ici,* à Sun Valley. »

Elizabeth soupira.

« Tu sais, ça ne m'emballe pas du tout. Pour être franche, ça me barbe carrément. Si M. Collins n'avait pas insisté, j'aurais refusé.

— Tu aurais eu tort ! Je suis sûre que tu vas pondre un article génial ! » Jessica se laissa choir sur le lit, puis se prit la tête entre les mains pour mieux réfléchir. « Au fait, avec qui suivras-tu les régates ? interrogea-t-elle en relevant la tête.

— Pardon ? » fit Elizabeth en se replongeant déjà dans la lecture de son roman.

Jessica la rappela à l'ordre d'une légère tape sur le bras.

« Elizabeth, tu ne pourrais pas rester un peu sur terre ? Depuis que Todd est parti, tu vis sur une autre planète ! Je te demandais avec *qui* tu avais l'intention de suivre les régates. »

Elizabeth haussa les épaules.

« Quelle question ! Avec personne, bien sûr ! »

Jessica roula de grands yeux effarés.

« Incroyable ! Tu es censée faire un reportage et tu ne sais même pas avec *qui* tu participeras à la course !

— Jess, je dois effectuer un reportage et non pas me rendre à un rendez-vous galant ! »

Jessica battit des paupières, déconcertée, puis suggéra d'une voix doucereuse :

« Je pensais à un concurrent, ma vieille, et pas à un amoureux. Si tu montais sur le voilier d'un type qui participe à la course — Nicholas, par exemple —, tu pourrais mieux la suivre et écrire un meilleur article...

— Merci, la coupa Elizabeth qui n'était pas dupe. Je te sais gré de tes conseils éclairés, et je te promets que, si j'ai besoin d'un nouveau copain, je ferai appel à *Harmonie Parfaite*. Pour l'instant, il n'est pas question...

— Pourtant...

— Ça suffit, Jess. Maintenant, fiche-moi la paix », ordonna Elizabeth en plongeant le nez dans son livre.

Jessica jugea plus prudent de battre en retraite. En regagnant sa chambre, elle bougonna :

« *Ça suffit !* Ah, c'est ce qu'elle croit ! Eh bien, qu'elle le veuille ou non, je m'arrangerai pour lui faire rencontrer Nicholas ! Elle sera introduite chez les Morrow qui sont presque aussi riches que les Patman ou les Fowler... et on lui offrira des tas de présents. Bien entendu, sa gentille sœur en bénéficiera... »

Mais Jessica aurait tout le temps d'échafauder des projets. Pour l'instant, elle devait s'occuper d'organiser la rencontre aux régates. En apprenant qu'Elizabeth y assisterait, Nicholas ne manquerait pas de l'inviter sur son voilier...

Jessica tendit le bras vers le combiné du téléphone et composa un numéro :

« Allô ? Est-ce que je pourrais parler à Nicholas ? »

6

« *A*ie confiance »,
conseilla Jessica à Nicholas qui lui avait donné
rendez-vous au *Dairy Burger*.

Le garçon fronça les sourcils, perplexe.

« Tu es sûre que Liz veut me voir ?

— Sûre et certaine.

— Dans ce cas, pourquoi ne me l'a-t-elle pas
dit elle-même ? »

Jessica poussa un soupir exaspéré. Elle ne
comprenait pas les réticences de Nicholas. La
veille, en apprenant que Liz souhaitait le rencontrer aux régates, il s'était montré débordant
d'enthousiasme.

« Je ne veux pas courir le risque, insista-t-il.

— Quel risque ? s'étonna Jessica en jouant avec la paille de son Coca. Tu n'as qu'à composer sept misérables petits chiffres et demander à ma sœur — non pardon, lui *dire* : "Elizabeth, je t'invite sur mon voilier." C'est simple comme bonjour ! Ne compte pas sur Liz pour t'appeler la première, elle déprime à mort. Depuis que Todd est parti... Mais je peux t'assurer qu'elle a besoin de toi. Je vais te faire une confidence : elle tient à toi, sans s'en douter, et si tu sais t'y prendre...

— J'ai fait une mauvaise expérience il n'y a pas si longtemps, rétorqua Nicholas, j'ai peur qu'elle ne m'envoie sur les roses. Imagine qu'elle soit toujours amoureuse de Todd.

— Détrompe-toi. Todd et elle se connaissent depuis une éternité, ils ne peuvent se passer l'un de l'autre. Ce n'est pas de l'amour, c'est de... » Elle cherchait ses mots. « C'est de la dépendance. Comme quand on arrête de fumer : d'abord on se sent mal et ensuite on va beaucoup mieux. Eh bien, pour Liz, c'est la même chose — elle présente tous les symptômes du "manque", et pour guérir elle a besoin de toi. »

Nicholas éclata de rire.

« Compris ! Je vais lui téléphoner ! » Puis, adoptant un ton confidentiel : « Entre nous, je dois t'avouer que je suis toujours amoureux. Je n'ai cessé de rêver à elle durant tous ces mois.

J'ai souvent failli lui téléphoner, mais il me suffisait de penser à Todd pour renoncer.

— Oui, mais à présent Todd est parti, tu as une chance.

— Si tu en es certaine !

— A la bonne heure ! Te voilà devenu raisonnable ! s'exclama Jessica. Elle consulta sa montre. Zut, il est quatre heures moins le quart et je dois être à l'agence à quatre heures précises. Je me sauve, Nicholas. Merci pour le Coca. Je suis sûre que ça marchera. »

En regagnant sa voiture, Jessica arborait un sourire de triomphe. Si les choses continuaient ainsi, elle allait devenir "marieuse" professionnelle. Pourtant, un détail la tourmentait. Steven n'avait pas fait la moindre allusion à Béatrice Barber. Peut-être avait-il eu le coup de foudre et avait-il préféré garder le secret ? Non, elle faisait fausse route, si une mystérieuse inconnue s'était manifestée, elle l'aurait su ; rien ne lui échappait de ce qui se passait dans la famille. Elle s'accorda jusqu'à la fin de la semaine. Si Steven n'avait donné aucune nouvelle, elle contacterait les deux candidates suivantes. Steven valait la peine qu'elle s'inquiète de son bonheur.

Il était presque deux heures lorsque la sonnerie du téléphone retentit. Le cœur d'Elizabeth se mit à battre. Et si c'était Todd ? Elle décrocha et une voix au timbre grave demanda :

« Elizabeth ?

— Oui, répondit-elle en s'efforçant de dissimuler sa déception, car la voix ne lui était pas familière. Qui est à l'appareil ?

— Nicholas Morrow. » Il marqua une pause avant de poursuivre. « Il paraît que tu as l'intention de faire un reportage sur les régates ?

— En effet. Et toi, tu participes à la course, m'a-t-on dit ?

— Oui, et j'ai intérêt à gagner ; parce que mon père a déjà organisé une réception en mon honneur sur son bateau. »

Le mot "bateau" fit sourire Elizabeth. Avec sa modestie coutumière, Nicholas désignait ainsi le splendide yacht paternel. En écoutant la voix du garçon, Elizabeth fut submergée par une foule de souvenirs...

« Je te téléphone, expliqua enfin Nicholas, pour te proposer de te conduire au port en voiture, samedi.

— C'est sympa, mais... je... », balbutia Elizabeth.

Nicholas ne lui laissa pas le temps de terminer sa phrase et enchaîna aussitôt :

« Écoute, Liz, tu me rendras service. J'aurai besoin de me détendre avant les régates ; je sais que j'aurai le trac.

— Dans ce cas, je veux bien t'aider. »

Il n'y avait aucun mal à accepter, se dit-elle pour se rassurer. Son aventure avec Nicholas était de l'histoire ancienne. A présent, elle pouvait le considérer comme un bon camarade.

De plus, il savait que seul Todd comptait pour elle.

« Tu es gentille, remercia Nicholas.

— Merci à toi de m'emmener, l'interrompit-elle. Mais je ne vois vraiment pas ce que je pourrai faire pour te détendre...

— Ta présence suffira.

— Alors à samedi, Nicholas. J'espère que tu gagneras les régates.

— Je l'espère aussi. A samedi, Liz. »

Elizabeth raccrocha et se rendit dans la cuisine pour se préparer un jus d'orange. En passant devant le séjour, elle aperçut Jessica, affalée sur le tapis devant la télévision, son cours d'histoire à la main.

« Ton bouquin ne t'empêche pas de suivre le film au moins », se moqua-t-elle en ouvrant le réfrigérateur.

Jessica leva les yeux au ciel et lorsque sa sœur l'eut rejointe, elle demanda d'un air angélique.

« Personne n'a téléphoné aujourd'hui ?

— Si, Steve, répondit Elizabeth en s'installant sur le canapé. Il m'a raconté une histoire invraisemblable. Figure-toi qu'une certaine

65

Mme Barber n'a pas cessé de lui téléphoner durant toute la semaine pour l'inviter au restaurant et au cinéma.

— Qu'est-ce qu'il y a de si surprenant ? » protesta Jessica.

Elle se redressa sur les coudes et observa sa sœur en train de boire son jus d'orange.

« Elle a quarante ans passés, se récria Elizabeth, tu imagines ! En plus, elle est divorcée, et puis d'après Steve, elle est complètement givrée.

— Ah bon ! » fit Jessica, songeuse.

Elizabeth éclata de rire.

« Toi, tu trouves ça normal ! Il faut croire que ton agence matrimoniale te donne les idées larges. »

Cette fois, Jessica fit semblant de prendre un air ahuri, de crainte que sa sœur n'établisse un lien entre son nouveau job et les appels de Mme Barber.

« Pas possible ! s'étonna-t-elle, je n'avais pas réalisé. » Puis, faisant mine de réfléchir : « Moi, je serais flattée à la place de notre frangin. Il a vu sa bonne femme ? »

Elizabeth leva les bras au ciel.

« Tu rigoles ou quoi ? Steve ne songe qu'à une chose : se débarrasser de cette vieille folle qu'il ne se rappelle même pas avoir rencontrée. »

Jessica étouffa un soupir de déception : son frère était encore trop jeune pour apprécier une femme mûre comme Béatrice Barber, elle aurait dû s'en douter...

Par bonheur, restaient encore Jordan Macguire et Melissa Porter.

« Le téléphone a sonné à deux reprises ou je rêve ? interrogea encore Jessica qui poursuivait son idée. C'était Todd ?

— Non, on s'est promis de ne plus s'appeler de la semaine, sinon on va payer une note astronomique !

— Alors qui était-ce ? insista Jessica.

— Dis donc, tu travailles pour le F.B.I. ? » s'insurgea Elizabeth.

Jessica eut un soupir de dépit.

« Toi, tu trouves anormal que les membres d'une même famille s'intéressent les uns aux autres !

— Calme-toi, je plaisantais, dit Elizabeth, conciliante. Nicholas Morrow vient de m'appeler, si tu veux tout savoir.

— Très intéressant. Et peut-on *savoir* ce qu'il te voulait ?

— Rien de spécial. Il m'a proposé de m'accompagner en voiture aux régates. »

Jessica sonda sa jumelle d'un long regard inquisiteur.

« Et tu as accepté ? »

Cette question dut irriter Elizabeth car elle répondit avec brusquerie.

« Oui, figure-toi.

— Tu as bien fait », assura Jessica.

Elle reprit son manuel tout en observant du coin de l'œil Elizabeth qui était devenue cramoisie.

« Bon, je monte dans ma chambre, annonça celle-ci en détournant la tête. Surtout ne me dérange sous aucun prétexte, sauf si... Todd.

— O.K., fit Jessica en feignant d'ignorer le trouble de sa sœur. Tu vas lui écrire une longue lettre, j'imagine. »

Aussitôt qu'Elizabeth eut quitté le séjour, Jessica abandonna son livre.

« *J'ai l'impression,* songea-t-elle avec satisfaction, *que ma chère sœurette n'est pas indifférente à l'invitation de Nicholas.* »

A présent, elle devait la persuader, avec le plus grand tact, qu'elle était amoureuse de lui et qu'il était supérieur à Todd. « *Après ça,* se dit-elle, *qui osera prétendre que je ne suis pas la jumelle la plus fantastique du monde ?* »

7

*L*es régates avaient pro-
voqué une vive animation dans la ville : tôt le
matin, les gens avaient envahi l'immense chapiteau rayé, jaune et blanc, dressé sur le port, où
l'on servait des rafraîchissements. Les langues
allaient bon train, on pariait sur les vainqueurs :
Bruce Patman ou Nicholas Morrow ?

Elizabeth, son carnet et son stylo à la main,
faisait la navette entre la tente et l'embarcadère,
à l'affût d'une nouvelle sensationnelle. La
course, qui se déroulait chaque année à la même
date, était sponsorisée par le Club nautique de
Sun Valley.

Jessica aperçut sa jumelle au moment où celle-ci s'engouffrait sous le chapiteau et fonça droit sur elle.

« Liz, où étais-tu passée ? Je te cherche partout ! » Puis, baissant le ton : « Tu as vu Nicholas ? »

Elizabeth eut un geste de dénégation.

« Non, il doit être sur le ponton avec les autres concurrents.

— Au fait, c'était bien la balade en voiture ? pousuivit Jessica en feignant d'ignorer le regard furibond de sa sœur.

— Jess, l'interrompit Elizabeth, cesse de poser des questions stupides. Bon, à présent, je suis obligée de te laisser. Je dois interviewer le président du Club nautique avant le départ de la course. »

Elizabeth s'éloigna en se demandant pourquoi sa sœur faisait toute une histoire du simple fait que Nicholas l'ait accompagnée en voiture.

Elle fut interrompue dans ses réflexions par une voix qui la hélait :

« Liz ! Enfin te voilà ! Où t'étais-tu envolée ? Je croyais que tu devais venir calmer les nerfs d'un pauvre concurrent en...

— Excuse-moi, mais j'étais occupée. Je dois rédiger un article pour le journal et je ne sais même pas par où commencer.

70

— Suis-moi, lui dit Nicholas en la prenant par la main. Je vais te montrer mon voilier. »

Il la conduisit sur le quai où était amarré un superbe deux mâts aux voiles blanches et bleues.

« Magnifique ! s'extasia Elizabeth. Comment l'as-tu baptisé ? »

Les yeux de Nicholas s'éclairèrent d'une lueur à la fois tendre et malicieuse.

« Il a deux noms : pour le public, il s'appelle *L'Oiseau des Mers,* mais pour moi, c'est l'*Elizabeth.*

Elizabeth rougit jusqu'à la racine des cheveux sans trouver de réponse. C'était étrange, loin de la choquer, les paroles de Nicholas lui procuraient un certain plaisir. Au fond d'elle-même, elle était plutôt flattée qu'un garçon beau, intelligent et spirituel comme lui tînt toujours à elle. Et si...

Une voix familière la tira de sa rêverie.

« Liz, pas possible ! Tu es venue assister aux régates ! »

Bruce Patman se tenait devant elle, une serviette de bains autour du cou, il venait de nager et avait coiffé en arrière ses cheveux humides.

« Hé oui, comme tu vois. »

Bruce s'adressa ensuite à Nicholas.

« Salut, Morrow, fit-il en lui donnant une bourrade amicale dans le dos. Ça gaze ? J'espère que tu ne comptes pas gagner la course ! »

Nicholas rit.

« Méfie-toi. *Il ne faut jamais vendre la peau de l'ours avant de l'avoir tué,* comme dit le vieux dicton, je dois avouer que je suis en super forme. »

Bruce émit un sifflement de doute.

« T'inquiète pas : moi, je suis imbattable. »

La modestie n'était pas le fort du beau et séduisant garçon dont le père possédait l'une des plus grosses fortunes de Californie. Patman junior ne doutait jamais de lui.

Les jumelles qui avaient eu, à différentes reprises, maille à partir avec lui, l'avaient écarté du nombre de leurs amis en décrétant que c'était un "détestable snob".

Récemment, Elizabeth avait changé d'opinion. Bruce s'était amélioré depuis qu'il sortait avec Regina, la sœur de Nicholas.

Regina, une très intelligente et belle fille, sourde de naissance, avait réussi, à force de courage et de ténacité, à mener une vie normale et à poursuivre des études. Bruce était tombé amoureux d'elle et depuis, il avait révélé des qualités de cœur insoupçonnées.

Elizabeth savait que le couple s'écrivait avec régularité, en attendant le retour de Regina qui était partie en Suisse pour suivre un traitement destiné à la guérir de sa surdité. Nicholas, qui n'éprouvait pas de sympathie particulière pour

Bruce, lorsque celui-ci était arrivé à Sun Valley, avait commencé à l'apprécier à partir du moment où il était devenu le copain de sa sœur. Il adorait sa cadette et tous ceux qui l'aimaient devenaient ses amis.

Bruce posa une main sur l'épaule d'Elizabeth.

« Pas trop le cafard ? » demanda-t-il.

Elizabeth émit un long soupir saccadé.

« C'est dur », avoua-t-elle. Puis se ressaisissant : « Le Vermont, c'est tout de même plus proche que la Suisse. C'est la séparation qui...

— Je comprends, la rassura Bruce, ce n'est pas une question de distance... Heureusement qu'il y a le courrier. Rien de tel qu'une belle lettre d'amour pour vous redonner le moral, hein ? »

Elizabeth ne put s'empêcher de sourire.

« C'est vrai. »

Nicholas, qui, jusqu'ici, s'était tenu à l'écart de la conversation, intervint à son tour.

« O.K., fit-il en frappant sur l'épaule de son rival. Il faudrait peut-être songer à se préparer. De plus, Liz doit écrire un article pour son journal. »

Était-ce le fruit de son imagination ? se demanda Elizabeth en s'éloignant. Elle avait cru voir le regard de Nicholas se voiler lorsque Bruce avait prononcé le nom de Todd.

« *Aucune importance* », songea-t-elle. Dès que les régates seraient terminées, elle se précipiterait chez elle afin d'écrire une longue, une très longue lettre à Todd. Et elle n'accorderait plus la moindre pensée à Nicholas Morrow.

En tant que journaliste, Elizabeth aurait dû suivre la course d'un œil froid et impartial. Au lieu de cela, elle joignit sa voix aux ovations de la foule enthousiaste qui encourageait les concurrents. Deux voiliers, un jaune et un bleu et blanc, venaient de contourner la bouée qui marquait la première partie du parcours. *L'Oiseau des Mers* et *Le Conquérant*, le bateau de Bruce, venaient de prendre la tête.

« Allez-y, allez-y, s'égosilla Elizabeth en sautant en l'air pour mieux voir. »

A mi-parcours, les deux voiliers se trouvaient au même niveau, puis peu à peu, *L'Oiseau des Mers* commença à prendre de l'avance. La voile bleue et blanche distança bientôt la voile jaune d'une longueur. *L'Oiseau des Mers* franchit le premier la ligne d'arrivée marquée par des flotteurs orange.

Le président de la course annonça dans le haut-parleur.

« Nicholas Morrow vient de remporter ces régates ! Il a gagné le ruban bleu. »

Elizabeth avait encouragé puis acclamé Nicholas avec tant de fougue qu'elle en était presque aphone. A peine débarqué, les cheveux plaqués par les embruns et l'eau de mer, Nicholas fendit la foule de ses admirateurs et se précipita vers Elizabeth.

« Viens, je t'emmène, dit-il.

— Où ça ?

— Sur le yacht de mon père. Rappelle-toi, je t'ai dit que j'avais intérêt à gagner parce qu'il avait déjà organisé une réception en mon honneur ! Vous êtes invitées, toi et Jess. »

Elizabeth n'eut pas le temps de refuser que déjà Jessica était accourue et s'écria avec enthousiasme.

« Chouette ! On y va ! »

Elle prit sa sœur par le bras et l'entraîna sur les pas de Nicholas. Elizabeth n'opposa aucune résistance.

« *Pourquoi pas, après tout ?* se dit-elle. *Je n'ai jamais assisté à une fête sur un yacht. De plus, cela me permettra d'étoffer mon article, et, qui sait, de faire un scoop...* »

L'après-midi fut très réussi, Nicholas se montra un hôte attentionné et charmant.

« Je suis heureux que tu sois venue, avoua-t-il à Elizabeth en l'entraînant près du bastingage.

75

« — J'ai passé un moment très agréable, avoua celle-ci. Au fait, je ne t'ai même pas félicité d'avoir gagné les régates !

— Je te pardonne à condition que tu écrives un article élogieux.

— Tu n'auras jamais l'occasion d'en prendre connaissance, le taquina Elizabeth, *L'Oracle* n'est lu que par les lycéens.

— Dans ce cas, tu m'en garderas un exemplaire, insista Nicholas.

— Seulement s'il est bon », précisa Elizabeth en riant.

Son sourire se figea sur ses lèvres lorsqu'elle remarqua l'expression grave de Nicholas. Jetant un rapide coup d'œil autour d'elle, elle s'aperçut que les invités s'étaient rassemblés sur le pont arrière et qu'elle se trouvait en tête-à-tête avec lui. Jessica, à l'écart elle aussi, était plongée dans une grande conversation avec Jeffrey, un cousin des Morrow venu de New York.

« Liz, souffla Nicholas en lui prenant la main, tu ne peux pas savoir combien c'est important pour moi que tu sois là. Je ne veux pas faire allusion à ce qui s'est passé entre nous il y a...

— Nicholas, je t'en prie, n'en parlons plus », ordonna Elizabeth sur un ton cassant.

Pour rien au monde elle n'aurait voulu gâcher ce bel après-midi en évoquant des souvenirs désagréables.

Nicholas dut comprendre, car il changea de sujet de conversation.

« Je sais que Todd te manque beaucoup, dit-il. Je n'ai pas la prétention ni le désir de le remplacer ; sache pourtant que si tu as besoin de te confier, tu trouveras toujours en moi une oreille attentive. »

Elizabeth poussa un soupir de soulagement ; Nicholas ne souhaitait rien d'autre que l'amitié.

« Oui, fit-elle en lui serrant la main, je n'oublierai pas !

— A propos, poursuivit Nicholas changeant de sujet, que fais-tu demain après-midi ? »

Elizabeth pensa : « *J'écris à Todd, bien sûr* », mais elle s'entendit répondre :

« Rien de spécial.

— Dans ce cas, je t'invite. Mes parents ont organisé un barbecue à la maison, il n'y aura que des gens de leur âge, alors ils m'ont proposé de faire venir quelques amis de peur que je m'ennuie sans doute. Tu acceptes ? »

Elizabeth hésitait.

« Tu n'as qu'à amener Jessica, précisa Nicholas pour lever ses scrupules.

— Pourquoi pas ? » finit-elle par répondre.

Au fond de son cœur, une voix lui souffla : « *Todd aurait de la peine s'il savait.* » Mais aussitôt, une deuxième voix la contredit : « *Il s'agit d'un simple barbecue, et de plus, il y aura Jessica. »*

A partir de cet instant, Elizabeth perdit sa bonne humeur ; elle se reprochait d'apprécier la compagnie de Nicholas. Pouvait-elle lui faire confiance lorsqu'il affirmait vouloir être son ami ?

8

*L*e dimanche matin, Elizabeth s'éveilla avec le souvenir confus qu'il s'était passé un événement important, sans qu'elle puisse s'en souvenir. La nuit, elle avait rêvé de Todd et son rêve lui avait laissé un sentiment de malaise.

Soudain, elle se rappela ! Todd était parti. Loin.

Puis l'image de Nicholas Morrow surgit devant ses yeux, elle repensa à son invitation de la veille.

« Cet après-midi, dit-elle en enfonçant la tête dans son oreiller, je me rends à un barbecue. »

Elle quitta son lit, et, pieds nus, s'approcha de la table sur laquelle elle avait laissé la dernière lettre de Todd. Elle parcourut le passage où il lui décrivait sa nouvelle vie, sa maison, son lycée, ses copains, etc. Puis son regard s'attarda sur ces lignes :

« *Parfois, j'ai l'impression de tout confondre. Liz, je voudrais te dire tellement de choses au téléphone, mais j'en oublie la moitié. Je me sens loin de toi, mais en même temps, j'ai l'impression que tu es toute proche. Quoi que je fasse, je me comporte comme si tu me regardais. C'est fou non ? »*

« *Pas du tout, j'éprouve la même chose* », songea Elizabeth les larmes aux yeux. Elle reprit sa lecture.

« *La séparation est difficile à supporter de mon côté mais pour toi, ce doit être pire. Moi, j'ai l'avantage de la nouveauté, toi, tu vis avec des souvenirs... Je te sais forte et cela me donne du courage, mais je te sais fragile, aussi. Dans ces moments de doute, pense à moi et n'oublie pas combien je t'aime... »*

Todd la connaissait si bien. Lorsqu'il se trouvait auprès d'elle, il lisait dans ses pensées et devinait ses réactions et il était son meilleur ami ; jamais elle ne l'oublierait.

Toutefois, elle ne pouvait s'empêcher d'être déconcertée par sa propre attitude. La veille, elle s'était sentie attirée par Nicholas : sa beauté, son intelligence, son humour...

Il possédait une élégance naturelle qui était tout le contraire de l'affectation.

« *Il aurait fallu que je sois aveugle,* se dit-elle pour se rassurer, *pour ne pas remarquer ses qualités.* »

La solitude la rendait vulnérable. Oh bien sûr, elle était très entourée par sa famille et ses amis ; Steven lui téléphonait presque tous les soirs pour prendre de ses nouvelles, Enid recherchait sa compagnie plus que jamais et déjeunait avec elle à la cafétéria. Mais personne, personne au monde, n'était capable de combler le vide laissé par le départ de Todd. D'ailleurs, elle ne *souhaitait* pas le combler.

Tant qu'ils s'aimeraient, personne ne les séparerait.

Quand il vivait à Sun Valley, Elizabeth passait une grande partie de son temps en sa compagnie : ils déjeunaient ensemble, se retrouvaient tous les vendredi et samedi soirs, se voyaient le matin au lycée. A présent, Elizabeth comprenait qu'Enid se plaigne de se retrouver seule après que Georges Warren l'eût quittée.

« Je n'aime pas sortir, se lamentait-elle, mes amies emmènent toutes leurs copains et j'ai l'impression de ne pas être comme les autres. »

Elizabeth lui avait reproché son attitude, en essayant d'expliquer qu'avoir *des amies* était plus important qu'avoir un *petit ami*. A présent, elle comprenait les sentiments d'Enid.

Le vendredi soir, la perspective de rester à la maison et de regarder la télévision avec ses parents ne la réjouissait guère, mais elle n'avait pas envie non plus de sortir.

Après avoir réfléchi à la situation, Elizabeth se sentit plus détendue. Elle pouvait justifier son attirance à l'égard de Nicholas, attirance due à la solitude.

« C'est normal, se dit-elle à haute voix, je me retrouve seule et voilà que débarque un beau garçon qui me fait discrètement comprendre qu'il est toujours amoureux de moi. Quelle fille resterait insensible ? »

Mais son cœur appartenait à Todd, et Nicholas n'y pourrait rien changer.

Elizabeth porta la main à son cou pour caresser le médaillon que Todd lui avait offert comme cadeau d'adieu. Ce geste simple la rassura. Ses sentiments n'avaient pas changé. Elle irait au barbecue, mais sûre que Nicholas ne pouvait en rien rivaliser avec celui qu'elle aimait.

L'après-midi, chez les Morrow, Jessica se montra d'une folle gaieté. Rien ne lui plaisait autant que les intrigues, surtout lorsqu'elle en était l'auteur. L'échec subi avec Béatrice Barber était atténué par l'idylle entamée entre Nicholas et Elizabeth.

Les parents du garçon avaient organisé un barbecue en l'honneur de Jeffrey, un cousin dont Jessica avait fait la connaissance, la veille, à bord du yacht. Le garçon habitait New York. Agé de vingt et un ans, les cheveux en bataille, ses lunettes cerclées de métal lui donnaient l'air d'un intellectuel — qu'il était d'ailleurs. Un moment, Jessica envisagea d'avoir une aventure avec lui, puis elle se ravisa. Jeffrey n'était qu'un parent pauvre de la famille Morrow, son père et sa mère ne possédaient pas la moindre fortune personnelle. Etudiant en archéologie, il avait paru intéressant à Jessica de prime abord, mais la manière dont il parlait des sujets qui le passionnaient l'avait vite ennuyée.

Ils avaient pris place à l'une des nombreuses tables dressées à l'ombre des grands arbres du parc.

« Une autre saucisse ? » offrit Jeffrey en lui présentant le plat.

Tout en mangeant, Jessica surveillait d'un œil attentif sa jumelle qui se promenait en compagnie de Nicholas non loin du court de tennis.

« Elizabeth semble être une fille intelligente, fit remarquer Jeffrey comme s'il venait de lire dans ses pensées. Il y a longtemps que Nicholas et elle se connaissent ? »

Jessica mordit avec appétit dans son hot-dog.

« Une éternité, mentit-elle. Ils forment un beau couple, tu ne trouves pas ? »

Jeffrey leur jeta un regard distrait.

« Très intéressant. » Il baissa la tête et changea aussitôt de sujet de conversation. « Tu t'intéresses aux civilisations précolombiennes ? »

Jessica n'avait rien contre les Aztèques ni les Incas, mais à cet instant précis, un seul sujet l'intéressait : Elizabeth et Nicholas ! Elle aurait donné cher pour surprendre leurs paroles.

Sans doute Elizabeth avait-elle fini par s'avouer que Todd était affreusement ennuyeux et que Nicholas lui était mille fois supérieur. Pourtant, si elle avait entendu leurs propos, elle serait tombée de haut.

« Comment va Regina ? demandait Elizabeth, en feignant d'ignorer que Nicholas la serrait de près.

— Pas mal, répondit-il. On s'écrit une fois par semaine, deux quand elle a un coup de cafard. Les gens chez qui elle loge sont adorables, et elle aime beaucoup ses professeurs. Quant aux médecins, ils sont impressionnés par les résultats obtenus. Le traitement a des chances de réussir.

— Ce serait formidable si elle pouvait entendre ! »

Elizabeth avait anticipé sur la pensée de Nicholas — il sourit.

« Inespéré ! »

Elizabeth s'arrêta un instant pour admirer le magnifique parc verdoyant qui entourait l'imposante demeure des Morrow, puis reprit sa promenade. Nicholas s'était montré très correct, attentif et empressé durant tout l'après-midi. Mais depuis un moment, il avait une attitude bizarre, sursautant au moindre geste, rougissant pour un rien. Il était suspendu aux lèvres d'Elizabeth chaque fois qu'elle ouvrait la bouche.

« *Impossible de se tromper,* songea-t-elle, *il est toujours amoureux de moi.* »

Comme s'il avait lu dans ses pensées, Nicholas demanda :

« Liz, je peux te poser une question... indiscrète ? »

Il tendit le bras et arracha une feuille à un arbre. Elizabeth le regarda. « *Nous y voilà* », se dit-elle.

« Est-ce que Todd et toi, vous vous êtes engagés à rester fidèles ?

— Oui, avoua Elizabeth sans hésiter. Nous nous sommes promis de ne pas avoir d'autre relation. Ce qui ne nous empêche pas, s'empressa-t-elle d'ajouter, de fréquenter des copains ou des amis.

— Si je comprends bien, tu accepteras que je t'invite au cinéma, un de ces soirs. Je te reconduirai chez toi de bonne heure. »

Après son aveu, Elizabeth s'étonna de la proposition. Peut-être, après tout, Nicholas avait-il l'intention de rester sur le terrain de l'amitié ? Il devait se sentir seul, lui aussi. Habitant à Sun Valley depuis peu de temps, il ne s'était pas encore fait beaucoup d'amis.

Il recherche une présence amicale, se dit-elle pour se rassurer. Alors pourquoi n'accepterait-elle pas de l'accompagner au cinéma ?

« Je serais ravie, s'entendit-elle répondre.

— Tu me rassures, avoua Nicholas, j'étais persuadé que tu allais refuser.

— Mais laisse-moi te dire... »

Nicholas ne lui accorda pas le temps de terminer sa phrase, et la prenant par les épaules il l'embrassa sur le bout du nez.

« Tu ne peux pas savoir combien je suis heureux, s'écria-t-il, j'ai l'impression que quelque chose de *nouveau* vient de commencer entre nous. »

Elizabeth se mordit les lèvres, perplexe.

Il n'a rien compris, se dit-elle avec anxiété. Quelle attitude devrait-elle désormais adopter ?

Jessica suivit sa sœur dans la cuisine en poussant un soupir à fendre l'âme.

« C'est bien ma chance !

— Ça ne va pas, Jess ?

— Je n'ai pas de chance avec Jeffrey ! Les civilisations disparues sont les seules choses qui l'intéressent. »

Elizabeth pouffa de rire.

« De toute façon il est un peu vieux pour toi.

— L'âge passe encore ! En fait, il est *vieux jeu*. Il a une mentalité de grand-père. »

Elizabeth ouvrit le réfrigérateur et en sortit une bouteille de lait.

« Et toi, tu t'es amusée ? demanda Jessica.

— Couci-couça.

— Tu avais l'air de ne pas t'ennuyer, avec le beau Nicholas. »

Elizabeth nia énergiquement.

« Détrompe-toi, Jess. Nicholas m'inquiète.

— Pourquoi ? interrogea Jessica avec candeur. Il est sympa !

— Bien sûr, admit Elizabeth, là n'est pas la question. Ce dont j'ai peur, c'est que...

— C'est que... ? » reprit Jessica en se juchant sur la table de la cuisine.

Elizabeth s'adossa au réfrigérateur et regarda sa jumelle bien en face.

« Nicholas est amoureux de moi. Je crains de ne pas pouvoir contrôler la situation.

— Qui te parle de *contrôler* quoi que ce soit ? tu n'as qu'à attendre de voir comment elle évolue. »

Elizabeth se raidit.

« Vois-tu, Jess, Todd et moi...

— Fiche-moi la paix avec Todd, explosa Jessica. Il se trouve à deux mille kilomètres ! Tu ne vas pas tout de même rester à te morfondre et à passer le restant de ta vie à lui écrire !

— Bien sûr que non. Mais je n'ai pas non plus l'intention de sortir avec un autre. J'aime Todd et ce n'est pas parce que nous sommes séparés...

— Alors tu vas lui sacrifier ta vie, conclut Jess, méprisante.

— Mais non ! se récria Elizabeth avec colère, il ne s'agit pas de sacrifice. Décidément, tu ne comprends rien à ce qui se passe !

— Qu'est-ce que tu as décidé ? D'après ce que j'ai constaté au barbecue, je peux te dire que Nicholas n'est pas le seul à être amoureux de toi, et tu le dévorais des yeux. »

Elizabeth pâlit et déclara d'une voix tremblante :

« Puisque c'est comme ça, je ne le verrai plus. On devait aller au cinéma ensemble ; mais je vais téléphoner pour annuler et lui dire que tout est fini.

— Comment est-ce que ça peut être *fini*, puisque rien n'a *commencé* ? » protesta Jessica avec une logique qui lui était inhabituelle.

Elle fixait sa sœur d'un regard incrédule. Comment celle-ci raisonnait-elle donc ? Il n'y avait pas si longtemps, elle avait commis l'erreur impardonnable de préférer Todd à Nicholas, elle n'allait pas recommencer !

Jessica était désarmée à faire l'impossible pour changer l'état d'esprit d'Elizabeth et la sauver malgré elle.

9

*L*e lundi soir, affalée dans un fauteuil les jambes repliées sous elle, Jessica feuilletait un magazine. Deux questions revenaient sans cesse à son esprit : que pouvait-elle pour Steven dont la rencontre avec Béatrice Barber s'était soldée par un cuisant échec ? Peut-être le téléphone était-il responsable car il ne favorisait pas les premiers contacts.

Steven devait venir passer le week-end à la maison. Elle pourrait appeler Jody Macguire...

Jessica abandonna son magazine et se mit à réfléchir à une stratégie possible. « *Voilà, je téléphonerai à Jody demain et lui demanderai de venir à la maison samedi après-midi. Il faudra inventer un prétexte pour justifier sa venue — et je suis sûre que, le soir même, Steve sortira avec elle.* »

La seconde question concernait Elizabeth. Comment Jessica s'y prendrait-elle pour la détacher de Todd et faire en sorte qu'elle tombe amoureuse de Nicholas ?

Jessica n'eut pas le loisir de méditer plus longtemps ; elle fut interrompue par la sonnerie du téléphone. Elle décrocha et perçut le bourdonnement caractéristique des appels extérieurs à la ville.

« Allô ?

— Jessica ? interrogea une voix au timbre familier. C'est Todd, comment ça va ? »

« *Tiens, voilà l'empêcheur de tourner en rond* », songea Jessica avec rage. Ce n'était pas le moment de commettre une bévue.

« Très bien répondit-elle sur un ton douce-reux. C'est beau, le Vermont ? Je parie qu'il gèle en ce moment !

— Exact, approuva Todd. Il fait très froid. Le Vermont est différent de la Californie, tu sais. Mais il ne manque pas de charme. Je suis sûr que tu apprécierais. »

Jessica s'abstint de le décevoir par courtoisie.

« Aucun doute, fit-elle. Dis donc, Todd, je ne te retiens pas plus longtemps. Liz n'est pas là et je sais que ça coûte une fortune de téléphoner !

« — Dommage, fit Todd, déçu. Tu sais quand elle reviendra ?

— Aucune. Si elle avait su que tu devais appeler, elle ne serait pas sortie.

— Ce n'est pas grave, dit Todd. Je pensais à elle, alors... »

Tandis qu'elle écoutait son interlocuteur d'une oreille distraite, une idée machiavélique germa dans l'esprit de Jessica : faire croire à Todd que, depuis son départ, Elizabeth n'était plus que l'ombre d'elle-même et errait comme une âme en peine à travers la maison...

« Tu as raison de penser à elle, pauvre Liz, s'apitoya-t-elle.

— *Pauvre* Liz, répéta Todd, intrigué. Qu'est-ce qui lui arrive ?

— Bof, rien... A quoi bon t'expliquer ? Tu es assez intelligent pour deviner tout seul.

— *Deviner* quoi ? s'impatienta Todd. Je t'en prie, Jess, dis-moi ce qui se passe ! »

« *A moi de jouer »,* se dit Jessica pour s'encourager.

Elle feignit d'éclater en sanglots.

« Jess, pourquoi pleures-tu ?

— Pour... pour... rien, répondit-elle dans un hoquet.

— Jessica, je t'en supplie, dis-moi : je meurs d'inquiétude.

— C'est à cause de cette maudite promesse que vous vous êtes faite l'un à l'autre. Elizabeth passe son temps enfermée dans sa chambre, à t'écrire. Elle refuse de manger et de nous adresser la parole.

— Pas possible !

— Si, je te le dis. Tout le monde se fait du souci à son sujet : papa et maman, Steve, Enid, et même M. Collins. Il a dû *l'obliger* à écrire un article sur les régates. Elle ne s'intéresse plus à rien. Elle est devenue un vrai zombie. Il n'y a que deux choses qui lui importent, les lettres et le téléphone !

— C'est terrible, gémit Todd. Pauvre Liz ! Je reçois énormément de courrier et de coups de fil, mais de là à imaginer qu'elle avait renoncé à tout...

— C'est ce que tu souhaitais, j'imagine.

— Pas du tout.

— En tout cas, que tu le veuilles ou non, tu es responsable. A ta place, je me reprocherais de détruire la vie d'une fille aussi fantastique.

— Que veux-tu que je fasse ? se récria Todd. Je ne peux tout de même pas obliger mon père à revenir à Sun Valley !

— Bien sûr que non », reconnut Jessica.

En son for intérieur, elle ajouta : « *Dieu nous en préserve ! Qu'il reste où il est !* » « Mais tu pourrais lui accorder plus de liberté... Je ne sais

94

pas, moi, l'encourager à sortir, à voir des copains... A vivre, quoi ! Elle est entièrement plongée dans le passé. »

Suivit un long silence au bout du fil. Todd déclara après plusieurs instants :

« Je ne me rendais pas compte que Liz déprimait à ce point. »

Jessica réprima un cri de triomphe ; son stratagème était sur le point de réussir.

« Tu n'as qu'à lui écrire. »

Suivit un nouveau silence.

Todd toussa pour s'éclaircir la voix.

« Non. Il ne vaut mieux pas. Ne t'inquiète pas, Jessica, je sais ce qui me reste à faire... Je te remercie de m'avoir dit la vérité. Je peux te demander une dernière faveur ?

— Bien sûr, dis vite, le pressa Jessica qui avait entrevu les phares allumés de la Fiat s'engageant dans l'allée.

— Promets-moi de veiller sur elle.

— Je te le promets. Salut, Todd. »

Elle reposa le récepteur et se laissa retomber dans le fauteuil en soupirant : « Ouf, c'est gagné ! *Comptes-y Todd, entre Nicholas et moi, je te promets qu'on va s'occuper de ta bien-aimée !* »

Le mercredi après-midi, à l'heure du goûter, Elizabeth se rendit dans la cuisine pour croquer une pomme et trouva Jessica attablée devant un verre de lait.

« C'est bizarre, lui confia-t-elle, l'autre soir au téléphone, Todd ne t'a pas dit qu'il serait absent ces jours-ci ? Ça fait trois fois que je l'appelle et il...

— Non, il ne m'a rien dit, la coupa Jessica sur un ton distrait, tout en examinant le chèque que la directrice d'*Harmonie Parfaite* venait de lui remettre. Je vais pouvoir rembourser Papa et Maman, annonça-t-elle sur un ton triomphal, dans quinze jours ma dette sera épongée.

— Laisse-moi réfléchir », dit Elizabeth qui poursuivait son idée. Elle frotta sa pomme contre son chemisier pour la faire briller. « Il a téléphoné lundi soir, n'est-ce pas ? Je l'ai rappelé en rentrant et sa mère m'a dit qu'il était déjà couché. Hier, mardi, son père a prétendu qu'il était au cinéma. »

Jessica prit un air compatissant.

« Tu sais ce que c'est, Liz, quand on débarque dans une nouvelle ville, on est invité de tous les côtés. Souviens-toi de Regina, les garçons se disputaient pour...

— Toi, tu as le chic pour remonter le moral, railla Elizabeth, je m'inquiète pour Todd et tu insinues... En tout cas, ce n'est pas du tout son genre de ne pas vouloir répondre au téléphone. Tu crois qu'il est fâché contre moi ?

— Fâché contre toi ? se récria Jess. Et pourquoi donc ? Je serais curieuse de l'apprendre. Tu es d'une fidélité affligeante. Tu me fais penser à cette femme grecque qui a attendu son époux pendant dix ans en faisant et défaisant sa tapisserie. Comment s'appelait-elle, au fait ?

— Pénélope, dit Elizabeth en souriant. Tu as beau faire de l'ironie, je trouve que Todd a un comportement anormal. »

Jessica lui jeta un regard en dessous.

« Tu crois qu'il y a anguille sous roche ?

— Bien sûr que non. J'ai confiance en lui comme il a confiance en moi. Au fait, Jess, dit-elle en rougissant, car elle se trouvait prise en flagrant délit de contradiction, si par hasard il appelait ce soir, dis-lui...

— Que tu es au ciné avec le beau Nicholas !

— Jess, tu es méchante. Je ne veux pas inquiéter Todd pour *rien*, c'est tout.

— A tes ordres, ma chère frangine, je te promets de ne rien dire, la rassura Jessica en lui tapant sur l'épaule.

— Merci de comprendre », soupira Elizabeth.

En sortant de la cuisine, elle se sentait trop coupable pour remarquer l'air rusé de sa jumelle. Non pas qu'elle eût quoi que ce fût à se reprocher — elle avait fait comprendre à Nicholas que leur relation ne dépasserait jamais le stade de l'amitié — mais au fond d'elle-même, elle savait que Todd désapprouverait sa conduite.

Elle s'interrogeait : « *Pourquoi est-ce que je ne téléphone pas à Nicholas pour annuler notre rendez-vous ?*

« *Parce que,* répondait une petite voix inconnue, *Nicholas t'attire, malgré toi. Tu as passé deux semaines cloîtrée dans ta chambre et maintenant tu as envie de sortir et de t'amuser.* »

Elizabeth était déchirée entre le désir de retrouver Nicholas et celui de rester pour attendre le coup de fil de Todd.

Dans la salle obscure du cinéma, Nicholas se pencha sur sa compagne pour lui chuchoter au creux de l'oreille.

« Ça va ? »

Elizabeth ne cessait de s'agiter sur son fauteuil, incapable de s'intéresser au film qui se déroulait sur l'écran.

La présence de Nicholas la troublait : le parfum frais et discret de son eau de toilette, sa main posée sur son genou, son profil régulier qui se découpait dans la pénombre.

« Ça va », mentit-elle en portant la main à son cœur qui battait à coups redoublés.

Elle savait à l'avance que James Bond réussirait la délicate mission qui lui avait été confiée et que la femme de son ami succomberait à son charme.

« *C'est injuste,* songeait-elle, *pourquoi se pas- se-t-il des choses aussi douloureuses entre deux amants ? Pourquoi est-ce que la vie n'est pas plus simple ?* »

Une larme perla au bord de sa paupière qu'elle essuya d'un geste furtif.

« Tu vois bien que tu es triste, constata Nicholas sur un léger ton de reproche. Tu pleures !

— Ce n'est rien, assura Elizabeth. Un coup de cafard.

— Ça t'ennuierait si je passais mon bras autour de tes épaules. Juste pour te réconforter. »

Elizabeth sourit à travers ses larmes.

« Pas du tout. »

Elle s'abandonna, oubliant son chagrin. A présent, elle se sentait en sécurité comme auprès d'un frère aîné.

Plus tard dans la soirée, en la raccompagnant chez elle, Nicholas lui avoua :

« Grâce à toi, j'ai passé une soirée merveil- leuse. »

Elle le regarda, debout à côté d'elle sur une marche du perron, et se dit qu'il n'avait plus rien d'un frère aîné mais qu'il ressemblait à un amoureux transi sur le point de la prendre dans ses bras et de l'embrasser.

« Moi aussi », fit-elle sur un ton volontairement léger.

Nicholas avança la main et effleura la courbe de ses lèvres. Puis soudain, il l'enlaça et l'embrassa avec passion. Elizabeth se raidit tout d'abord puis s'abandonna et lui rendit son baiser. Le contact de ses lèvres était agréable et rassurant. Elle lui passa la main dans les cheveux. A ce moment-là, il se dégagea.

« Excuse-moi », souffla-t-il en baissant la tête. Il lui jeta un regard à la fois désolé et coupable. « Je n'ai pas pu m'en empêcher. Tu ne m'en veux pas ? Tu connais mes sentiments pour toi... »

Elizabeth hocha la tête.

« Je suis désolée, Nicholas. Tu m'as prise au dépourvu. A présent, laisse-moi, j'ai besoin de réfléchir.

— Je t'en prie, prends tout ton temps, je ne suis pas pressé.

— Merci pour le cinéma, c'était très agréable et...

— Est-ce que je pourrai te voir ce week-end ? interrogea Nicholas sans lui laisser le temps de terminer sa phrase. Juste pour boire un pot. On se verra dans la journée, si tu préfères...

— Téléphone-moi », dit Elizabeth d'une toute petite voix.

Elle était partagée entre l'envie de fuir et celle de se jeter dans ses bras. « Téléphone-moi », répéta-t-elle.

D'un geste instinctif, elle porta la main à son pendentif puis se précipita à l'intérieur de la maison en claquant la porte.

Elle devrait réfléchir à ce qu'elle dirait à Nicholas au téléphone mais elle devrait également réfléchir à ce qu'elle raconterait à Todd...

10

*L*e vendredi après-midi, Todd n'avait toujours pas donné signe de vie. Elizabeth était rongée par l'angoisse. Chaque fois qu'elle téléphonait chez lui, ses parents lui répondaient qu'il était occupé ou absent et qu'il rappellerait. Il n'avait pas tenu sa promesse, il avait aussi cessé d'écrire, si bien qu'Elizabeth commençait à envisager le pire.

« J'ai dû dire ou faire quelque chose qui l'a blessé », s'obstinait-elle à penser. Mais quoi ? Elle n'en avait pas la moindre idée.

Elle monta l'escalier en courant et s'enferma dans sa chambre pour réfléchir ; il lui fallait se rendre à l'évidence : Todd l'avait oubliée. Il avait dû rencontrer une autre fille et n'osait lui en faire l'aveu. C'était là la raison de son silence...

Elle se refusait à l'imaginer dans les bras d'une rivale et pourtant... L'inquiétude d'Elizabeth avait des répercussions sur toutes ses activités : ses articles, son travail scolaire. Elle ne cessait de penser à Todd.

Elle n'était pourtant pas le genre de fille à se laisser abattre ou à s'abandonner à une imagination vagabonde ; mais dans la situation présente, elle ne se contrôlait plus. Todd lui manquait cruellement, son départ l'avait bouleversée au plus profond de son être.

« Hé, Liz, Nicholas veut te parler ! »

Jessica venait de passer la tête par l'entrebâillement de la porte pour avertir sa sœur. Celle-ci sursauta.

« Nicholas ? Qu'est-ce qu'il me veut ?

— Te parler, insista Jessica. Tu ne peux pas savoir ce qu'il est beau aujourd'hui. »

Elizabeth décocha à Jessica un regard venimeux et sortit en claquant la porte. En descendant les marches de l'escalier, elle se dit : « *J'en ai marre de rester plantée à espérer un coup de fil de M. Todd Wilkins. Il se fiche de moi comme de sa première chemise.* »

Nicholas l'attendait dans le hall et s'avança vers elle en s'écriant :

« Excuse-moi d'être venu sans prévenir. Il fallait que je te parle. Je regrette... pour l'autre soir... Je tenais à ce que tu le saches... j'aimerais que nous restions bons amis, je te promets de...

— Nicholas, l'interrompit Elizabeth, tu as envie de sortir ce soir ? »

Les traits de Nicholas se plissèrent en un sourire dubitatif.

« Tu... Tu... ne m'en veux pas ?... balbutia-t-il.

— Pas le moins du monde ! déclara Elizabeth sur un ton exagérément enthousiaste, au contraire ! »

A présent, la stupéfaction se peignait sur le visage de Nicholas. Il s'attendait à ce qu'Elizabeth ne lui adresse plus jamais la parole et voilà que, non seulement elle lui avait pardonné, mais encore elle l'encourageait !

« Si je t'invitais au restaurant, proposa-t-il, je connais une pizzéria délicieuse !

— Parfait », approuva Elizabeth.

Elle s'efforça de prendre un air ravi en écoutant Nicholas lui expliquer qu'il devait rentrer chez lui et qu'il reviendrait la prendre avant le dîner.

« *Jessica a raison,* songea Elizabeth quand il fut parti, *Nicholas est un type fantastique, et surtout, il a l'immense mérite de vivre à Sun Valley, lui.* »

Que veux-tu de plus, ma pauvre Liz ? Todd, lui répondit une voix au fond d'elle-même. *Le bon vieux Todd qui était obligé d'économiser pour t'offrir le restaurant.*

Todd, dont la seule présence lui faisait battre le cœur.

Bon, eh bien, ce n'était pas une raison pour se morfondre et se désespérer. « *Remue-toi, ma vieille, Todd est dans le Vermont et il se fiche de toi. Nicholas est à Sun Valley et il t'aime !* »

Le samedi après-midi, Elizabeth et son frère Steven se prélassaient au bord de la piscine, profitant de l'absence de Jessica pour bavarder en toute tranquillité.

« Ça me fait plaisir que tu sois là, grand frère, dit Elizabeth en se redressant sur les coudes pour offrir son visage bronzé à la caresse du soleil.

— Je reviendrai le week-end prochain, annonça Steven. Lila m'a invité à sa fête — elle a insisté en disant que sinon il n'y aurait que des lycéens, alors j'ai fini par céder.

— Rassure-toi, tu n'es pas le seul. »

Steven haussa les sourcils.

« Dois-je comprendre que je ne serai pas l'unique représentant de la famille Wakefield ?

— Exact.

— Lila a invité Jess et moi aussi par la même occasion.

— Vous y allez seules ? »

Elizabeth étouffa un petit rire.

« Autant que tu le saches tout de suite : j'y vais avec Nicholas. »

Steven fronça les sourcils en demandant :

« Nicholas ? Nicholas Morrow ?

— En personne. Le séduisant, le beau, l'intelligent, le distingué et tout et tout... En fait, tu sais qu'il te ressemble ? »

Steven eut une moue de mépris.

« Le pauvre, je le plains !

— Idiot !

— Il y a longtemps que tu sors avec lui ?

— Ces dernières semaines, on s'est vus pas mal. Nicholas est un type sensationnel. Je suis sûre qu'il te plaira.

— Je n'en doute pas, répliqua Steven non sans réserve. Comme dit le proverbe : « tes amis sont mes amis ». Pourtant, je ne te cacherai pas que quelque chose me gêne.

— Quoi ?

— Tu ne m'avais pas affirmé que Todd et toi vous étiez juré fidélité ? »

Elizabeth devint écarlate.

« C'est vrai, reconnut-elle, mais...

— Je ne voudrais pas me mêler de ce qui ne me regarde pas, l'interrompit Steven, c'était une simple réflexion. »

Elizabeth affichait un air malheureux.

« Pour être franche, Steve, je suis dépassée par les événements.

— Quels événements ?

— Nicholas est amoureux de moi, et depuis que Todd est parti, il se montre très pressant. Au début, je lui ai fait comprendre que nous resterions bons amis, mais ensuite les choses ont évolué et...

— Todd est au courant ? » s'enquit Steven.

Elizabeth baissa la tête pour dissimuler son envie de pleurer.

« Non, reconnut-elle, je n'ai pas eu *l'occasion* de le lui annoncer. »

D'une voix tremblante, elle expliqua que depuis la fameuse soirée où Todd avait téléphoné en son absence, il ne s'était plus manifesté et refusait même de lui répondre.

« Bizarre, marmonna Steven en plissant les paupières, cela ne lui ressemble pas du tout. En admettant qu'il soit pris par ses copains et sa nouvelle vie, ce n'est pas une raison pour te laisser tomber sans prévenir. »

Elizabeth poussa un soupir résigné.

« Je sais. Mais j'ai beau retourner les pensées dans ma tête, je ne vois aucune explication, si ce n'est qu'il a rencontré une autre fille et n'ose me l'avouer. D'ailleurs, je crois qu'il vaut mieux ne pas chercher à savoir.

— Pourquoi est-ce que tu ne lui as pas écrit ? »

Les traits d'Elizabeth se durcirent.

« Parce que cela n'aurait servi à rien. Quand c'est fini, c'est fini. La seule chose que je puisse faire, c'est d'accepter.

— Je ne suis pas de ton avis. »

Elizabeth se mit à plat ventre et prit appui sur ses avant-bras.

« Tu as été le premier à me faire la morale et à me dire que ce n'était pas réaliste de prétendre à la fidélité alors que Todd et moi allions vivre à deux mille kilomètres l'un de l'autre, déclara Elizabeth sur un ton de reproche. Depuis le début, tu avais comme un pressentiment... »

Steven leva les bras puis les laissa retomber en un geste d'impuissance.

« Peut-être, admit-il, mais quelque chose me chagrine : pourquoi n'as-tu rien dit à Todd au sujet de Nicholas ? Tu veux savoir la vérité, ça me fait de la peine de te voir t'embringuer dans une histoire avec un type dont tu n'es pas amoureuse. »

Elizabeth devint rouge de colère.

« Détrompe-toi, j'aime Nicholas. C'est un garçon extra et je suis bien avec lui.

« — Si tu le dis, je ne demande qu'à te croire. Mais tu ne m'empêcheras pas de...

— Tu as entendu ? l'interrompit Elizabeth. On a sonné. »

Steven poussa un grognement de contrariété.

« Zut ! moi qui rêvais de passer un après-midi peinard ! »

Elizabeth consulta sa montre.

« Qui ça peut être ? Je dois voir Nicholas ce soir seulement et ce n'est pas son genre de débarquer à l'improviste.

— On tire au sort pour savoir lequel se lève et va ouvrir ? demanda Steven en bâillant.

— Inutile », dit Elizabeth en se levant.

Elle fit glisser le panneau coulissant qui séparait la piscine du patio, traversa le vestibule. En ouvrant la porte d'entrée, elle se figea sur le seuil de stupéfaction. Devant elle se tenait une fille aux cheveux roses et verts hérissés sur la tête en une crête impressionnante, vêtue d'un pantalon collant et d'un blouson en cuir noir.

Elle avait au moins six anneaux à chaque oreille.

« Vous désirez ? » demanda Elizabeth en s'efforçant de dissimuler sa surprise.

La fille cligna des yeux et jeta un coup d'œil à l'intérieur de la maison comme si elle hésitait.

« Je voudrais parler à Steven, dit-elle. Je suis Jody Macguire. »

Elizabeth réprima son envie de rire.

« Entrez, dit-elle en s'effaçant pour céder le passage à l'étrange visiteuse. Steven prend le soleil au bord de la piscine. »

Au fond d'elle-même, elle ne put s'empêcher de faire la réflexion : *« Et lui qui s'inquiète de mes fréquentations ! »*

Quelques secondes plus tard, Jody, affalée sur une chaise-longue, examinait Steven de ses paupières que le maquillage faisait ressembler à des ailes de papillon.

« Je ne m'attendais pas à un type comme toi.

— Qui êtes-vous ? Qui vous envoie ? » interrogea Steven ébahi.

Il la questionnait d'un ton distant. Jody alluma une cigarette et jeta l'allumette sur le carrelage immaculé.

« A première vue, tu n'es pas du tout mon genre de mec, mais il faut bien essayer, après tout.

— Votre genre ? Essayer quoi ? répéta Steven de plus en plus abasourdi.

— Tu connais la théorie de Platon sur l'amour ?

— Vaguement. »

Elizabeth observait la scène avec fascination. Une vraie punk, cette Jody ! Très intellectuelle, à la fois humble et provocatrice, à l'aise dans n'importe quelle situation.

« Alors tu dois savoir, expliqua la fille, que chaque être possède une moitié dont il est séparé et qu'il erre à travers le monde dans l'espoir de la retrouver. C'est pour ça que je suis ici. Tu es ma...

— Moitié, termina Steven en écarquillant les yeux. Je comprends. Mais je peux vous assurer que vous vous êtes trompée de moitié. »

Elizabeth étouffa un fou rire.

« Tu n'es pas Steven Wakefield ? s'étonna Jody.

— Si.

— Alors, tu es bien "ma moitié".

— D'où tenez-vous cette idée saugrenue ? questionna Steven. Qui vous a donné mon nom ?

— Ne fais pas l'imbécile, tu sais très bien.

— Pas du tout, protesta Steven avec colère, et j'aimerais bien l'apprendre.

— Je me suis adressée au club de rencontres *Harmonie Parfaite*, expliqua Jody, visiblement froissée de ne pas être prise au sérieux. C'est l'ordinateur qui a...

— Le club de rencontres ! » s'exclamèrent Elizabeth et Steven d'une seule et même voix.

Steven bondit sur ses pieds et se mit à arpenter le patio de long en large.

« Je sais qui a fait le coup, tempéta-t-il. Ah, cette Jessica ! Elle mériterait que je l'étrangle.

C'est elle qui a dû donner mes coordonnées à la bonne femme divorcée qui...

— Hé, dis donc, j'aimerais bien piger, intervint Jody Macguire.

— Oh, il s'agit d'une erreur, d'une simple erreur, pouffa Elizabeth.

— Oui, excusez-nous, il arrive à l'ordinateur de se tromper », dit Steven pour sauver la face.

Le frère et la sœur s'empressèrent de reconduire l'intruse.

« Ne te mets pas en colère, dit Elizabeth à son frère, en refermant la porte d'entrée. A ta place, je serais flatté. Ça prouve que Jess se fait du souci pour toi, si elle s'intéresse à tes affaires de cœur.

— Si je la tenais, je lui tordrais le cou.

— A qui as-tu envie de tordre le cou ? » demanda une voix innocente.

Jessica venait d'entrer par la porte du jardin.

« Il vaut mieux que je vous laisse vous expliquer en tête-à-tête », déclara Elizabeth avec un sourire malicieux.

Elle s'éclipsa. Elle ne pouvait rien pour sa sœur. Lorsque le placide Steven se mettait en colère, il vallait mieux ne pas se trouver dans les parages.

De plus, Nicholas allait passer la chercher d'ici une heure.

Elle monta dans sa chambre pour se préparer. Comme elle vérifiait son reflet dans le miroir, son regard tomba sur le médaillon. Elle le caressa de ses doigts tremblants.

Soudain, une infinie tristesse s'abattit sur elle.

« *Todd,* murmura-t-elle, les yeux pleins de larmes, *pourquoi m'as-tu abandonnée ?* »

11

*J*essica monta les marches de l'escalier en marmonnant entre ses dents :

« Quel ingrat, ce Steven ! »

Elle n'admettait pas que, sur les deux femmes qu'elle lui avait fait rencontrer, aucune ne lui eût plu. Ce crétin préférait rester à la maison à se morfondre plutôt que de faire de nouvelles connaissances.

« *En tout cas, personne ne pourra prétendre que je n'ai pas tout essayé,* se dit-elle pour se rassurer. *A partir de maintenant, je ne me mêle plus des affaires de Steven !* »

La prochaine fois qu'elle fouillerait parmi les dossiers d'*Harmonie Parfaite*, ce serait pour trouver l'homme de sa vie, à elle. Pour commencer, elle l'inviterait à la fête de Lila.

Lila n'avait pas son pareil pour organiser des réceptions ; il est vrai qu'elle disposait d'une immense et splendide demeure et d'une foule de domestiques. Mais tout de même, elle avait le don de réunir les gens qui comptent.

L'autre jour, Helen Bradley avait confié à Jessica que Lila avait l'intention d'inviter des personnalités. Raison de plus pour Jessica de s'afficher avec sa dernière conquête.

Jessica l'imaginait déjà : très séduisant, un peu plus âgé qu'elle, vingt ou vingt et un ans. Il conduirait une voiture de sport mais porterait un prénom ancien et aristocratique comme Humphrey ou Montgomery...

Elle ôta ses chaussures et se jeta sur son lit puis tendit le bras vers le téléphone. Depuis qu'elle travaillait au club de rencontres, elle n'avait plus le temps de bavarder avec ses amies. Aujourd'hui, par exemple, il était déjà six heures et elle n'avait pas la moindre idée de ce que ses copains avaient projeté... Si elle appelait Lila, celle-ci la mettrait au courant.

« Tu tombes bien, s'exclama Lila dès qu'elle eût reconnu la voix de Jess, tu peux passer chez moi, j'aimerais que tu me donnes un conseil... En dressant la liste de mes invités, je me suis dit que ce serait amusant de choisir un thème.

— Un thème ? répéta Jessica, étonnée.

— Oui, ma cousine s'est fait opérer de l'appendicite récemment, et à sa sortie de l'hôpital elle a organisé une fête : tous les invités devaient se déguiser avec des costumes qui se rapportaient à l'hôpital. C'était le "thème" choisi. Ma cousine portait une blouse de chirurgien, tu sais, un truc ouvert dans le dos. Génial, tu ne trouves pas ? »

Jessica n'était guère enthousiaste, elle voulait paraître à son avantage et n'avait pas la moindre envie d'être déguisée en thermomètre !

« Si j'ai bien compris, Lila, tu as besoin de mes lumières. Je passerai te voir après dîner.

— D'accord... Dis, qu'est-ce que je fais pour Nicholas ? Il est disponible ? Je l'avais mis sur la liste des célibataires...

— Dépêche-toi de le rayer, conseilla Jessica. En ce moment, Liz et lui ne se quittent plus, tu n'as pas remarqué ?

— Si, et ça m'étonne, fit observer Lila. D'après moi, ta sœur sort avec Nicholas par dépit amoureux. Une fille aussi mordue qu'elle ne peut pas s'être consolée en quelques malheureuses semaines.

— Tu te trompes, Lila. Liz s'est rendu compte que Nicholas valait mieux que Todd.

— C'est son opinion ou la tienne ? questionna Lila.

— La sienne, bien sûr. On voit que tu ne l'as jamais aperçue dans l'intimité... avec Nicholas, elle est folle de lui. Cette semaine, ils sont sortis trois fois ensemble. Aujourd'hui, il l'a invitée au restaurant et demain il l'emmène faire une promenade à cheval. Qu'est-ce que tu veux de plus ?

— Ce n'est pas mal, en effet.

— Tu parles ! Et il va la présenter à sa famille.

— Et Todd n'est pas jaloux ? »

Un instant Jessica fut prise au dépourvu, mais très vite, elle retrouva son aplomb :

« Comment veux-tu que je sache ? Mais pour être franche, je crois qu'ils sont plutôt en froid, lui et Liz.

— Pas possible, gloussa Lila. Ils avaient l'air si amoureux l'autre soir à la *Beach Disco* !

— Tu sais ce que c'est ; les adieux, ça rend sentimental. Mais avec le temps, l'amour s'envole !

— Tout de même, je n'en reviens pas, insista Lila. Je n'aurais jamais cru qu'Elizabeth soit du genre volage.

— Tout le monde peut changer », conclut Jessica avec philosophie.

Pour elle, les choses étaient d'une clarté limpide : Todd avait étouffé la véritable personnalité d'Elizabeth et à présent qu'elle se retrouvait seule, elle était obligée d'affronter la vérité.

« Je n'en suis pas si sûre, rétorqua Lila.

— Liz se sent abandonnée depuis que Todd a quitté Sun Valley.

— On en revient à ce que je disais, jubila Lila, le dépit amoureux ! Crois-moi, cette idylle ne durera pas plus d'une semaine. »

Jessica eut une moue de mépris.

« Lila, tu ignores ce qu'est le véritable amour. »

Lila pouffa de rire.

« Tout le monde ne peut pas avoir ton expérience, Jess. Non, quoi que tu dises, tu n'arriveras pas à me faire changer d'avis... Je te fais le pari que d'ici huit jours, ta sœur aura largué son Roméo. »

Pour rien au monde, Jessica ne se serait aventurée à parier avec Lila. Récemment, elle avait perdu un pari qui lui avait coûté fort cher...

« On verra bien, dit-elle. Pour l'instant, ils sont amoureux et ça risque de durer ! »

Le jeudi, après le lycée, Elizabeth et Enid se doraient sur la plage au soleil en écoutant le bruit des vagues se fracassant contre les rochers.

« C'est pour ça que j'aime la Californie, soupira Enid en désignant le ciel et la mer d'un geste ample. Dire qu'il y a des quantités de gens qui se gèlent en ce moment. Brrr ! ça doit être terrible ! »

« *Comme Todd* », songea aussitôt Elizabeth. Des bribes de souvenirs lui revinrent en mémoire ; elle les chassa aussitôt.

Todd ne pensait plus à elle. Il l'avait oubliée, sinon, comment expliquer son refus de lui écrire et de lui parler au téléphone ?

« Dimanche après-midi, commença-t-elle, changeant de sujet de conversation, Nicholas m'a emmenée faire une promenade à cheval. C'est un cavalier fantastique et il m'a promis de m'enseigner le saut d'obstacle, la prochaine fois. »

Enid ouvrit de grands yeux étonnés.

« Dis donc, vous êtes devenus inséparables ! J'ai de la chance que tu aies accepté de me consacrer ton après-midi ! »

Elizabeth rougit.

« Enid, protesta-t-elle, tu sais très bien que, pour toi, j'ai toujours le temps. » Elle tapota la main de son amie. « C'est vrai que Nicholas et moi, on s'est beaucoup vus cette semaine. En fait plus que je n'aurais cru. Mais tu sais, je me sens si bien avec lui ! »

Elizabeth n'avait pas eu le courage d'avouer que Todd avait coupé le contact sans prévenir, elle se sentait trop blessée et humiliée.

Enid prit un air grave.

« Tu te souviens, lorsque Georges m'a laissée tomber ; j'ai fait une sacrée déprime. J'avais l'impression de ne pas pouvoir vivre sans lui.

— Je sais.

— J'avais tellement l'habitude de le retrouver, tous les vendredis soir et les week-ends, et de me sentir aimée, que ma première impulsion a été de me trouver un nouveau copain pour combler le vide. Mais ça n'a pas marché, rappelle-toi, je me suis vite rendu compte que je ne remplacerais jamais Georges. »

Elizabeth se sentit mise en accusation et elle éprouva le besoin de se justifier.

« Je sais ce que tu penses, Enid. Tu es persuadée que je me sers de Nicholas pour remplacer Todd. Eh bien, laisse-moi te dire que tu te trompes. J'aime beaucoup Nicholas... »

Enid émit un soupir de doute.

« Tout s'est passé si vite. Il n'y a pas quinze jours, tu me jurais tes grands Dieux que tu ne sortirais jamais avec un autre que Todd ; et tout d'un coup, tu te retrouves avec Nicholas. Avoue qu'il y a de quoi s'inquiéter... »

Elizabeth baissa la tête. Tout d'abord Steven, et à présent Enid. Pourquoi se refusaient-ils à lui faire confiance et semblaient-ils tous persuadés qu'elle se fourvoyait ? Eh bien, c'étaient eux qui se trompaient ! Todd appartenait au passé, elle devait s'en faire une raison. Mais quelque chose la tracassait.

Pourquoi donc Enid et Steven, qui tous deux avaient une profonde affection pour elle, s'obstinaient-ils à penser qu'elle se mentait à elle-même, en croyant être amoureuse de Nicholas ?

Soudain un doute l'envahit. « *Et s'ils disaient vrai ? »* se demanda-t-elle avec angoisse.

Nicholas était-il un substitut de Todd, ou bien, quoi qu'en pensent les autres, un garçon qui allait compter dans sa vie ?

Ce vendredi après-midi, à la sortie du lycée, Elizabeth déclina l'offre de Jessica lui proposant de la reconduire en voiture à la maison et préféra rentrer à pied afin de réfléchir en toute tranquillité.

Il faisait un temps splendide — le soleil accentuait le vert des pelouses et du feuillage ; pourtant, Elizabeth restait insensible à la beauté du paysage. Elle pensait à Todd, à la première fois où il l'avait tenue dans ses bras.

Aucun garçon ne l'avait embrassée comme lui.

« *Il n'a pas pu m'oublier,* songea-t-elle avec désespoir ; *non, c'est impossible ! »*

Au cours des deux journées précédentes, à force de méditer sur les propos tenus par Enid et par Steven, elle en avait conclu qu'elle n'était pas vraiment amoureuse de Nicholas — même si elle avait tout fait pour s'en convaincre. Au fond de son cœur, elle n'avait jamais cessé d'aimer Todd et elle devait trouver un moyen d'entrer en contact avec lui.

Mais Nicholas, que devenait-il dans tout cela ? Eh bien, elle lui dirait la vérité. A présent, elle était en mesure d'analyser l'attraction qu'il avait exercée sur elle : en proie à la solitude et au désarroi, elle s'était raccrochée à lui ; Enid avait raison, elle lui avait fait jouer le rôle de Todd. Elizabeth n'était pas prête à entamer une relation avec un autre, même si Todd l'avait abandonnée. Jusqu'ici, elle avait toujours revendiqué son indépendance, contrairement à la plupart des filles qui perdent leur identité dès qu'elles sont amoureuses. Bien que très proche de Todd, elle n'avait jamais renoncé aux activités qui lui tenaient à cœur, comme écrire ou travailler pour le journal. Si leur relation avait été aussi positive et enrichissante, c'était parce que chacun avait apporté ses idées et ses expériences propres.

Désormais, Elizabeth réalisait que ce qu'elle avait défini comme son "indépendance" était en fait lié à la présence de son compagnon. A la suite de son départ, quelque chose s'était brisé en elle ; elle avait commencé à se désintéresser de ses études, à négliger ses amis et *L'Oracle* et s'était comportée en fille incapable de s'assumer. Au fur et à mesure qu'elle analysait la situation, elle éprouvait un sentiment de honte : sa première erreur avait été de passer la majeure partie de son temps à se morfondre dans sa chambre. Elle s'était trouvée dans l'incapacité de maintenir un équilibre entre ses sentiments et sa vie, ici, à Sun Valley. Aussi, dès que Nicholas s'était manifesté, elle était "tombée dans ses bras", en quelque sorte et avait cru l'aimer, alors qu'au travers de lui elle ne faisait que rechercher Todd.

En approchant de chez elle, Elizabeth commençait à voir plus clair. En premier lieu, décida-t-elle, elle écrirait à Todd — sans mentionner son histoire avec Nicholas pour ne pas l'inquiéter inutilement — et lui dirait le trouble et le désespoir que lui avait causé son silence aussi soudain qu'incompréhensible. Ensuite, elle irait trouver Nicholas et lui avouerait ses véritables sentiments. Elle souffrait à l'avance de lui faire du mal, Nicholas l'aimait de tout son être et ce serait un terrible choc pour lui d'apprendre que tout était fini.

« *Mais je dois lui dire la vérité,* se persuada-t-elle, *et le plus tôt sera le mieux.* »

Toutefois, elle ne pourrait le prévenir le jour même car il sortait avec ses parents et ne rentrerait que tard dans la nuit. Le lendemain, son père l'emmenait toute la journée sur son yacht et le soir, à son retour, il avait été convenu qu'il passerait chercher Elizabeth chez elle et qu'ensemble, ils se rendraient chez Lila.

Elizabeth n'aurait donc pas l'opportunité de s'entretenir avec lui. D'ailleurs, pourquoi l'aurait-elle fait ? De quel droit lui aurait-elle gâché sa soirée ?

Elle l'accompagnerait chez Lila, comme prévu, et ne lui ferait part de sa décision qu'une fois la fête terminée.

Malheureusement, retarder le moment des aveux ne faisait que rendre les choses encore plus difficiles.

12

« *C'est bizarre,* se dit Todd en conduisant la Datsun dans les avenues de Sun Valley : *d'un côté, rien n'a changé et pourtant, tout paraît différent.* »

A l'exception de la famille Egbert, personne n'était au courant de son retour. Il avait quitté le Vermont le vendredi soir en avion et avait consacré la matinée du samedi à régler des affaires pour son père — le déménagement, la clôture du compte bancaire, etc.

En atterrissant à l'aéroport, sa première pensée avait été pour Elizabeth. Au cours de la semaine écoulée, il n'avait cessé de s'interroger sur la conduite à adopter. Valait-il mieux lui téléphoner et la prévenir de son arrivée ? A moins qu'il se rende directement chez elle pour la surprendre ? Finalement, il avait décidé de ne pas se précipiter et d'attendre le moment le plus favorable.

Les révélations que Jessica lui avait faites, quinze jours auparavant, l'avaient fortement ébranlé et culpabilisé. D'après elle, il était en train de *briser la vie* d'Elizabeth... Il aurait peut-être dû répondre à ses appels, ne serait-ce que pour clarifier la situation, mais il avait reculé, par lâcheté, et avait choisi la solution la plus douloureuse mais aussi la plus radicale : le silence. Sans doute, son attitude avait-elle irrité puis peiné Elizabeth, mais c'était mieux ainsi car si elle lui en voulait, elle se détacherait d'autant plus vite.

« *C'est pour elle que je l'ai fait,* songea-t-il en s'engageant dans la rue où habitaient les Wakefield. *Je n'avais pas le choix.* »

Si les propos de Jessica l'avaient bouleversé, c'était aussi parce qu'ils faisaient écho à ceux de son père. Avant son départ, celui-ci lui avait conseillé de rendre sa liberté à Elizabeth. Il avait eu tort d'exiger la fidélité en sachant qu'il serait séparé de son amie durant une longue période : un an, peut-être davantage... Et quand bien même il lui rendrait visite tous les deux ou trois mois ? Que pouvait-il lui demander ? Qu'elle passe son temps à l'attendre ?

Persuadé que la distance était un obstacle insurmontable, il s'était convaincu que la meilleure façon de venir en aide à Elizabeth était de couper la communication.

C'est ce qu'il avait cru, tout au moins, jusqu'à ce qu'il se retrouve à Sun Valley. En fait, depuis son arrivée, il était assailli par le doute, et la pensée de ne pas revoir Elizabeth lui semblait insupportable.

En passant devant la maison des Wakefield, il ralentit.

Son cœur battait à coups redoublés dans sa poitrine, il sentait sa gorge sèche. Elizabeth serait-elle heureuse de le revoir ? Lui pardonnerait-elle ? Comprendrait-elle le terrible dilemme auquel il s'était trouvé confronté ? Autant de questions qui demeuraient sans réponse.

Ses mains tremblaient sur le volant. Allait-il s'arrêter, et se précipiter chez elle ?

« *Non, je n'en ai pas le courage,* songea-t-il ; *pas maintenant.* »

Winston lui avait appris que Lila organisait une soirée à laquelle Elizabeth était invitée. Alors il n'aurait qu'à la retrouver chez les Fowler... En présence des autres, il trouverait le courage de l'affronter.

« *Oui, c'est cela,* se dit-il en dépassant la maison, *je la verrai ce soir.* » Il enfonça la pédale de l'accélérateur. « *J'accourrai vers elle, je la prendrai dans mes bras et lui dirai que je l'aime. Alors peut-être me pardonnera-t-elle et me dira à son tour qu'elle m'aime.* »

Le samedi après-midi, Steven roulait sur la route en direction de Sun Valley. Il devait passer se changer chez lui avant de se rendre à la fameuse soirée de Lila. Cette perspective ne l'enchantait guère, du fait qu'il allait se retrouver avec des garçons et des filles plus jeunes, pour la plupart. La seule chose qui le poussait à assister à cette fête était le désir de se rendre compte, par lui-même, du genre de relations qu'Elizabeth entretenait avec Nicholas Morrow. Steven s'était permis d'inviter Jason, un copain d'université, et Betsy Martin. Betsy, la sœur aînée de Patricia, malgré son caractère ombrageux, avait bon cœur, et depuis qu'elle sortait avec Jason, elle s'était beaucoup améliorée. Notamment, elle avait suivi une cure de désintoxication et ne se droguait plus.

Steven était plongé dans ses réflexions lorsqu'il aperçut une voiture stationnée sur la route, à quelques dizaines de mètres devant lui. Une fille accroupie sous le véhicule examinait le pneu arrière, visiblement à plat.

Steven klaxonna avant de doubler.

Il se ravisa, freina et stoppa.

« Vous avez besoin d'un coup de main ? » interrogea-t-il en s'avançant.

La fille se redressa et essuya ses mains maculées de cambouis. C'était Clara Walker.

« Steve ! s'écria-t-elle avec soulagement. Je viens de crever et pas moyen de changer cette maudite roue ! »

Steven déplaça la voiture et la gara sur le bas-côté. En quelques minutes, il eut tôt fait de changer la roue.

« Voilà, c'est arrangé, soupira-t-il en s'essuyant les mains. Mais la prochaine fois, tâche de ne pas t'arrêter n'importe où ! »

Clara approuva d'un léger hochement de tête.

« J'essaierai d'y penser. En ce moment, je suis un peu distraite ; on a pas mal d'histoires à la maison et... »

En prononçant ces paroles, ses yeux s'étaient embués de larmes. Steven éprouva un soudain élan de sympathie pour elle ; il n'aurait jamais imaginé que la superficielle et bavarde amie de Jessica puisse faire preuve de sensibilité.

« Je t'offre un café, proposa-t-il. Tu n'as qu'à monter dans ta voiture et tourner à droite au prochain carrefour. Je te suis. Arrête-toi devant le *Whistle Stop*, c'est un endroit sympa.

« — Ça me fera du bien de parler avec quelqu'un », approuva Clara avec gratitude.

Quelques minutes plus tard, ils se retrouvaient attablés devant un café.

« Je sors de chez le juge, expliqua Clara en reposant sa tasse. C'était terrible.

— Raconte. »

D'une voix rauque, elle expliqua les épreuves qu'elle venait d'endurer ; les journées difficiles et interminables à l'issue desquelles ses parents devaient décider s'ils se séparaient et son inquiétude en recevant la confirmation de leur divorce.

« Le plus désespérant, conclut-elle, c'est qu'ils ont décidé de nous séparer, Charly et moi.

— Je te plains de tout mon cœur, compatit Steven.

— Ce n'est pas moi qui suis la plus à plaindre, gémit Clara, c'est mon petit frère. Le pauvre, il n'a que treize ans ! Il va aller vivre à Chicago chez mon père, et moi je reste, ici, avec ma mère. »

Steven était triste pour Clara, tout en ne pouvant s'empêcher de remarquer que le drame qu'elle vivait l'avait considérablement changée et mûrie. C'était comme si la fille frivole et moqueuse avait cédé la place à un être sensible et intelligent que Steven avait soudain envie de découvrir.

« Assez parlé de moi, déclara Clara en baissant les yeux comme si elle se sentait coupable. Comment vas-tu, Steve ? Et qu'est-ce que tu viens faire à Sun Valley ?

— Je suis invitée à la soirée de Lila. Au fait, tu y seras ?

— Non, ça ne me dit rien du tout. En ce moment, je n'ai qu'une envie : me terrer dans ma chambre et...

— Je t'en prie, viens, Clara. »

Elle le regarda, interloquée, puis son visage s'éclaira d'un sourire radieux.

« Puisque tu me le demandes, je viendrai.

— C'est sympa », assura Steven.

Il se mordit les lèvres. Depuis la mort de Patricia, c'était la première fois qu'il se réjouissait de la présence d'une fille.

« Peut-être, songea-t-il, *Clara et moi pourrons-nous nous apporter un peu de réconfort mutuel. Après tout, nous venons, tous deux, de traverser une épreuve. »*

La soirée de Lila battait son plein. Une centaine de jeunes gens avaient envahi la pelouse du parc. Jessica, elle, s'efforçait par tous les moyens de fausser compagnie au cavalier que lui avait attribué l'ordinateur d'*Harmonie Parfaite.*

Il se nommait Spence Millgate, un nom qui avait fait rêver Jessica avant qu'elle ne fasse connaissance du garçon. En effet, en le voyant, elle avait vite déchanté : d'une maigreur squelettique, il portait d'énormes lunettes et avait les dents en avant ; ce qui le faisait ressembler à un rat. Il était censé s'intéresser au cinéma et au sport, et à la vie en général, mais après cinq minutes de conversation, il lui avait annoncé que son rêve était de devenir entrepreneur des pompes funèbres !

« La mort me fascine », avait-il déclaré, l'air macabre.

« Il y a beaucoup trop de monde ici, assura Jessica, ça me fait tourner la tête. »

Elle s'éclipsa, plantant là son cavalier. Elle cherchait quelqu'un à qui parler ; n'importe qui mais surtout pas Spence Millgate !

Décidément, le club *Harmonie Parfaite* ne lui avait pas porté bonheur. Melissa Porter, la troisième candidate sélectionnée pour Steven, s'était défilée au dernier moment. Après une heure de palabres au téléphone, alors que Jessica tentait de la persuader de venir retrouver Steven chez les Fowler pour lui faire *une surprise*, la jeune femme avait déclaré :

« Finalement, je préfère la cuisine aux hommes ; c'est plus simple. »

Et elle lui avait raccroché au nez.

« *Tout ce travail pour rien,* soupira Jessica. *Un vrai désastre.* »

Toutefois, sa tristesse s'évanouit en voyant Nicholas et Elizabeth se promener dans le jardin.

« *Avec ces deux-là, j'ai tout de même réussi* », songea-t-elle pour se consoler.

Dans sa précipitation à fuir Spence Millgate, elle avait bousculé une invitée.

« Pardon », s'excusa Jessica.

La fille se retourna, l'air fâché. C'était Betsy Martin !

« Ah Jess ! C'est toi, fit-elle.

— Betsy ! s'exclama Jessica. Qu'est-ce que tu fais là ?

— Ton frère m'a invitée. »

A la mort de Patricia, Steven avait convaincu ses parents d'héberger Betsy dont le père avait quitté la maison sans prévenir ni laisser d'adresse. Betsy avait une dette envers Steven qui l'avait consolée dans son chagrin. Grâce à ses encouragements et à l'intervention de Jason, Betsy avait réussi à obtenir une bourse d'études pour l'Académie des Beaux-Arts. Jessica avait toujours un peu ignoré cette fille aux allures négligées ; pourtant, ce soir, il fallait reconnaître qu'elle était presque élégante dans sa robe bleu marine et ses chaussures à talons et qu'elle avait même une certaine classe.

Jessica remarqua son expression fermée.

« Qu'est-ce qui ne va pas, Betsy ? interrogea-t-elle.

— Rien.

— Tu fais une de ces têtes !

— Je ne m'attendais pas, avoua Betsy, à voir ton frère avec une autre fille, quelques mois après la mort de... de... »

Sa voix s'était brisée sur les derniers mots et elle avait tourné la tête. Jessica, suivant son regard, vit Steven en grande conversation avec Clara.

« Tu n'as pas de souci à te faire ! s'exclama-t-elle. Ce n'est que Clara, une vieille copine.

— Je me fiche pas mal de savoir qui c'est, dit Betsy revenant à l'attaque, c'est moche de la part de Steve... Je vais lui dire ses quatre vérités.

— Betsy ! » commença Jessica en tendant le bras pour la retenir.

Elle le laissa retomber et écarquilla les yeux. Non, elle ne rêvait pas, elle n'avait pu voir un fantôme ! Un revenant qui traversait la pelouse et s'avançait vers elle.

Un fantôme qui portait un blazer et un pantalon en velours côtelé. Un revenant qui...

« Il faut prévenir Liz », se dit-elle en s'élançant comme une flèche en direction du pavillon où elle avait vu sa sœur se diriger quelques minutes auparavant. Dans sa hâte, elle glissa sur l'herbe

136

mouillée et tomba. « *Ce n'est pas possible,* se dit-elle en se relevant, *ce n'est pas lui.* »

« Jessica, où cours-tu comme ça ? »

Le garçon l'avait interpellée, il accéléra le pas pour la rejoindre.

« Bon... bonsoir, Todd, balbutia-t-elle, le cœur battant. Tu es revenu ? En quel honneur ? »

Le garçon eut un sourire mystérieux.

« J'avais envie de revoir les copains. Tu sais où est Liz ? »

Jessica retint son souffle.

« Justement, je la cherchais, lâcha-t-elle. Elle doit être au bord de... de la piscine.

— C'est pour ça que tu courais dans la direction opposée, s'étonna Todd, incrédule. Allez, Jess, ne me raconte pas de bobards, dis-moi où est Liz.

— Je ne sais pas, Todd... Je te jure que je ne sais pas. Écoute... avant que tu... il faut que je te dise quelque chose... »

Jessica laissa sa phrase en suspens. Il était trop tard.

Todd venait de s'immobiliser devant la salle de bal. Dans son visage pâli, ses yeux sombres fixaient une vision insoutenable : Elizabeth, belle à ravir dans une robe en soie crème, ses cheveux blonds brillants à la lumière des lustres en cristal, dansait abandonnée dans les bras de

Nicholas, la tête posée sur son épaule, les yeux clos.

Comme transpercée par le regard de Todd, elle souleva les paupières. Son visage exprima alors la honte et le désespoir. Repoussant Nicholas d'un geste brusque, elle s'élança vers son ami en criant :

« Todd ! »

Sa voix avait retenti dans la salle illuminée. Todd la regarda un bref instant, puis, sans une parole, s'enfonça dans l'obscurité de la nuit.

13

« *C'* est fini, dit Elizabeth dans un sanglot.

— Tu trembles », remarqua Nicholas en passant un bras réconfortant autour de ses épaules.

Elle porta la main à sa gorge comme pour se
défaire d'une pression imaginaire.

« Tu peux me ramener chez moi ? »

Elle avait jugé inutile de fournir de plus
amples explications. Il n'existait pas de mots
assez forts pour décrire son désespoir : le choc
reçu en découvrant Todd sur le seuil de la porte,
la douleur qui l'avait bouleversée en voyant son
visage aux traits décomposés, et enfin l'humi-

liation d'avoir perdu son sang-froid devant de nombreuses personnes.

Elle n'avait qu'une hâte, fuir les lieux et partir à la recherche de Todd.

« Tu as l'air affolée, constata Nicholas lorsqu'ils se retrouvèrent dans sa voiture. C'est à cause de Todd ? »

Elizabeth se mit à fixer le tableau de bord avec embarras.

« Nicholas, je te dois des excuses, chuchota-t-elle. J'avais l'intention de tout t'avouer, ce soir... Je ne suis pas prête pour une autre relation... Todd m'inspire toujours des sentiments très forts et... je ne sais plus... très bien où j'en suis. »

Les mâchoires de Nicholas se crispèrent.

« Je m'y attendais », avoua-t-il en tournant la clef de contact.

Elizabeth poussa un soupir. Elle avait conscience de lui avoir causé une peine immense. Et pourtant, elle ne pouvait faire autrement.

« J'ai essayé de t'aimer, gémit-elle en se cachant la tête dans les mains. Tu es un ami fantastique, je me demande ce que je serais devenue sans toi... mais...

— Tu es toujours amoureuse de Todd, termina Nicholas en l'obligeant à relever la tête et à le regarder bien en face.

— Oui, sans doute. Mais ce n'est pas le problème. Ce qui compte pour moi, c'est de *me retrouver*. Je dois m'assumer, sans compter sur Todd ou sur un autre garçon. Pardon, Nicholas. Je me suis servie de toi sans le savoir. »

Nicholas posa sa main sur celle d'Elizabeth et la serra doucement.

« Liz, tu connais mes sentiments. Je n'ai jamais cessé de t'aimer depuis que je te connais. Et ce ne sont pas tes révélations qui pourront y changer quoi que ce soit. Si je me montre patient, et que je te laisse tout le temps de réfléchir, tout peut changer, dit-il en démarrant.

— Non, non, Nicholas, se récria Elizabeth. Tu fais fausse route. Il ne faut plus rien espérer. Crois-moi, je ne serais jamais qu'une amie pour toi... Si tu veux bien. »

Nicholas abandonna la main d'Elizabeth et la reposa sur le volant.

« Oui, je veux dit-il dans un souffle. Mais à une condition, c'est que nous soyons de *vrais* amis. Je ne supporterai plus que tu te serves de moi comme d'un jouet qu'on abandonne quand il a fait son temps. Si nous sommes amis, que ce soit pour de bon. Tu sais, Liz, après ce qui vient d'arriver je n'aurai jamais plus la force de te reconquérir. »

« *Il est merveilleux,* songea Elizabeth avec douleur, *et moi, je lui ai manqué de respect. Si je le quitte maintenant, ce sera pour toujours.* »

141

Nicholas engagea sa voiture dans l'allée de la maison. Une partie d'Elizabeth mourait d'envie de se jeter dans ses bras et de s'y blottir, mais l'autre lui dictait de suivre les véritables élans de son cœur. Celui qu'elle aimait avait disparu et elle n'aurait pas de répit avant de l'avoir retrouvé.

« Pardon, Nicholas », sanglota-t-elle.

Elle ouvrit la portière, bondit hors de la voiture et courut vers la maison.

Jessica observait, médusée, les réactions suscitées par l'apparition inattendue de Todd — son brusque départ, le silence pesant qui s'était abattu dans la salle de bal, le cri d'Elizabeth et sa fuite éperdue à travers le parc.

« C'était d'un romantique ! » s'extasia Lila.

Elle était ravie de cet événement imprévu qui avait ajouté du piquant à sa soirée, fort réussie malgré l'absence de thème ! Jessica, elle, avait une réaction tout à fait différente et songeait à rentrer chez elle pour s'expliquer avec sa sœur avant qu'elle ne retrouve Todd.

Jessica redoutait les conséquences de son intervention malheureuse. Jusqu'ici, elle avait veillé à ne pas trop s'immiscer dans la vie de sa jumelle — ou tout au moins à ne pas provoquer des drames comme celui de ce soir. Elle demanda à Lila de lui prêter sa voiture et abandonna le malheureux Spence Millgate auquel elle n'avait plus adressé trois mots durant toute la soirée.

« Décidément, remarqua Lila en lui tendant les clefs de sa voiture de sport, ce soir les sœurs Wakefield ont le goût du drame. »

Jessica était trop inquiète pour se formaliser de cette remarque ironique. Une seule chose importait : fuir au plus vite et retrouver Elizabeth.

« Jess, je ne te comprends pas, dit Elizabeth en aspergeant d'eau froide ses yeux rougis par les larmes. Qu'est-ce que tu as raconté à Todd ? »

Elle avait troqué sa robe du soir contre un jean usé et un tee-shirt. Jessica n'avait jamais vu sa sœur aussi tourmentée.

« Je croyais bien faire, assura-t-elle pour se justifier. Je me faisais un sang d'encre à te voir rester enfermée toute la journée dans ta chambre. Tu ne vivais que pour les lettres et le téléphone. Todd a appelé un soir où tu étais absente, je lui ai fait comprendre...

— Qu'il fallait me laisser tomber, finit Elizabeth.

— Une idée géniale. Avoue ! »

Jessica ne put s'empêcher de rougir.

« Liz, essaie de comprendre... Je te répète que je l'ai fait pour ton bien. D'ailleurs, je n'ai rien *dit* à Todd, si tu veux savoir, je me suis contentée de lui *suggérer* de... »

Elizabeth jeta sur sa sœur un regard vide.

« Écoute, Jess, je n'ai pas de temps à perdre à écouter tes salades. On règlera les comptes plus tard ; pour l'instant, j'ai des choses plus urgentes à faire. »

Elle quitta la chambre et dévala l'escalier.

Jessica se pencha par-dessus la rampe et lui cria :

« Où vas-tu ?

— Prendre l'air », railla Elizabeth.

Elizabeth était sur le point d'abandonner. Elle avait parcouru toutes les rues de la ville, inspecté chaque café où Todd aurait pu chercher refuge, fouillé le moindre recoin où il aimait à se retirer chaque fois qu'il avait besoin de solitude. Aucune trace de lui.

Les mains crispées sur le volant de la Fiat, les yeux rivés à la route, Elizabeth conduisait tout en ressassant les propos de Jessica.

« *Je comprends,* songeait-elle avec rage, *pourquoi il refusait de répondre au téléphone. Il pensait que c'était l'unique moyen de me détacher de lui. Il n'a jamais voulu m'abandonner. Quel choc il a dû recevoir en me retrouvant dans les*

bras de Nicholas. Il a dû se sentir trahi et s'imagi-
ner que je ne l'avais jamais aimé pour me consoler
aussi vite ! »

Elizabeth finit par renoncer à trouver Todd. Autant chercher une aiguille dans une botte de foin. Après avoir fait demi-tour dans une impasse, elle rebroussa chemin. De toute sa vie, elle n'avait ressenti pareil sentiment de tristesse et d'abandon. Elle emprunta la rue où Todd avait habité ; elle était déserte et obscure. En passant devant l'ancienne maison des Wilkins, elle décida de s'arrêter. Elle descendit de voiture et s'aventura dans le jardin désert, déjà envahi par les herbes folles.

Le temps que ses yeux s'accoutument à l'obscurité, elle distingua une forme humaine recroquevillée sur la pelouse.

Elle se baissa et tendit la main.

« Todd ! »

Ils tombèrent dans les bras l'un de l'autre et s'embrassèrent avec passion tout en pleurant de bonheur.

« Liz !

— Dieu merci, je t'ai retrouvé !

— Tu trembles, Liz. »

Il rejeta les cheveux blonds de son amie en arrière pour scruter son visage et plonger son regard dans le sien.

« Allons dans ta voiture, il fait frais ici, je crois qu'on a un tas de choses à se dire... »

Une heure plus tard, leurs doigts entremêlés, ils discutaient toujours blottis l'un contre l'autre.

« Il ne faut pas rejeter la faute sur Jessica, conclut Elizabeth. Nous aussi, nous sommes coupables, nous aurions dû avoir le courage d'une franche explication et discuter des véritables problèmes qu'entraînait une séparation, au lieu de chercher refuge dans des serments de fidélité éternelle.

— Je n'en veux pas à ta sœur, assura Todd. Je ne t'en veux pas non plus pour ce qui s'est passé avec Nicholas. Il nous faut enfin accepter de voir la réalité en face, Liz. On va rester séparés un bout de temps. Qui sait quand on se reverra ? D'ici là...

— Chacun mènera sa vie, termina Elizabeth. Mais ça ne signifie pas qu'on cessera de s'aimer, hein ?

— Bien sûr que non, dit Todd en la serrant contre lui. Ce qui compte, c'est qu'il faut commencer à écouter notre cœur et non plus notre mauvaise conscience. Je n'aurais jamais dû exiger la fidélité. Après tout, ce n'est pas si grave que tu sortes avec un autre. J'ai compris que nous ne devions plus mettre d'entrave à nos libertés. Je veux que tu t'amuses, que tu te fasses de nouveaux amis, et en même temps... » Il s'interrompit pour réfléchir. « J'espère comme un fou que tu... m'attendras. »

Elizabeth passa un bras autour de son cou.

« Todd, si tu savais combien je t'aime, tu ne te ferais aucun souci. » Elle montra le médaillon accroché à sa chaîne. « Tu sais, je ne l'ai jamais quitté et je ne l'enlèverai jamais.

— Oui, dit Todd en lui prenant la main, à condition que ce soit un gage d'amour et non pas un boulet ! »

Tard dans la nuit, Elizabeth rentra chez elle après avoir déposé Todd chez les Egbert. Elle resta un moment dans la voiture, à se ressasser les événements de la soirée.

Todd était de retour, elle allait passer tout le dimanche en sa compagnie. Ensuite, il repartirait pour le Vermont...

Elle ouvrit la portière. A présent, elle devait encore régler les comptes avec sa sœur. C'était étrange, elle aurait dû lui en vouloir et pourtant, d'une certaine façon, elle lui était reconnaissante : n'avait-elle pas eu le mérite de leur faire prendre conscience, à elle et à Todd, de la réalité de leur vie ?

« *Je ne vais pas lui faire une scène,* songeat-elle en ouvrant la porte d'entrée. *Je me contenterai de lui donner une leçon, une fois de plus.* »

14

A deux heures et demie du matin, les deux sœurs attablées dans la cuisine, devant un verre de lait, discutaient encore.

« Au fait, Steve n'est pas rentré, observa Jessica en changeant de sujet de conversation.

— A propos de Steve, remarqua Elizabeth, tu lui as joué un sale tour, à lui aussi... Pourquoi t'être mis en tête de lui présenter ces fichues bonnes femmes ?

— Je voulais lui rendre service, se défendit Jessica. Tu te rends compte de la vie qu'il mène ? Il ne sort jamais, ne s'intéresse plus aux filles ; il est pire qu'un moine !

— Ça, ça le regarde, protesta Elizabeth. Il est assez grand pour savoir ce qu'il a à faire.

— Jody Macguire était si moche ? » s'enquit Jessica, avec un petit rire de gorge.

Elizabeth fit une grimace comique.

« Une vraie sorcière ! Et en plus, elle se pique de philosophie platonicienne — elle était persuadée d'avoir trouvé l'âme sœur en notre cher frère. Dans son genre, elle était aussi réussie que le type que tu t'es dégoté grâce à *Harmonie Parfaite* ». Elizabeth pouffa. « Comment s'appelle-t-il au fait ?

— Spence Millgate. Mais ne te fais plus de souci, j'en ai fini avec *Harmonie Parfaite*, lundi soir je donne ma démission. On ne pourra pas dire que j'aurai eu beaucoup de chance avec ce club de rencontres. La prochaine fois, je chercherai moi-même un garçon pour... »

Les yeux d'Elizabeth se rétrécirent.

« Bonne idée ! A partir de maintenant, tu pourras te consacrer à remonter le moral à ce pauvre Nicholas. Il en a besoin... »

Jessica lui jeta un regard plein de reproche.

« Liz, pour qui me prends-tu ? Toi, la chair de ma chair et le sang de mon sang, ajouta-t-elle sur un ton grandiloquent, tu me crois capable d'une action basse ? Je n'en reviens pas.

— Je ne vois pas où serait le mal, se moqua Elizabeth, et après ce que tu viens de me faire, je te crois capable du pire ! »

Une nouvelle fois, Jessica s'était mise dans une situation délicate : tout d'abord, elle s'était fait un ennemi de Nicholas, qui ne manquerait pas de lui reprocher de lui avoir mis de fausses idées en tête concernant Elizabeth. Ensuite, elle préférait renoncer à travailler au club de rencontres après la mésaventure qui était arrivée avec les "fiancées" de Steven et avec Spence Millgate.

« Au fait, j'y pense, dit-elle en regardant la pendule. Si Steve tarde tant à rentrer, c'est qu'il est sur une piste.

— Sur une piste ? répéta Elizabeth. Explique-toi.

— J'ai l'impression qu'il en pinçait pour Clara.

— Pour Clara, tu es folle, il ne peut pas la voir en peinture !

— Je sais, Liz. Tu ne me crois pas. Mais c'est la pure vérité. D'ailleurs, je ne me serais doutée de rien si Betsy Martin ne m'avait...

— Betsy Martin ? Qu'est-ce qu'elle a à voir dans cette histoire ?

— Tu ne l'as donc pas vue ? Steve l'avait invitée chez Lila, il est vrai qu'il y avait une telle foule ! »

Elizabeth secoua la tête, l'air intéressé.

« Non. Je ne savais pas que Betsy... »

Jessica l'interrompit en posant une main sur sa bouche.

« Chut ! Tais-toi, je viens d'entendre la porte d'entrée ; ce doit être Steve. »

En effet, c'était lui. Quelques secondes plus tard, il faisait son apparition dans la cuisine.

« Tiens, le comité des frangines réuni pour m'accueillir au milieu de la nuit. C'est trop d'honneur ! Qu'est-ce que vous fichez à une heure pareille ? Vous tenez une conférence de presse ? »

Il se pencha sur Elizabeth et lui ébouriffa les cheveux d'une main affectueuse.

Jessica adressa un clin d'œil complice à sa jumelle comme pour lui dire : « *Tu vois, j'avais raison, il doit y avoir anguille sous roche pour que Steven soit d'aussi excellente humeur.* »

Steven se laissa tomber sur une chaise et scruta le visage d'Elizabeth.

« Je me suis fait du mauvais sang à cause de toi. Qu'est-ce qui s'est passé avec Todd ? Vous avez réglé vos comptes ? »

Le visage d'Elizabeth s'illumina.

« Oui et non. Tout est arrangé. J'ai réussi à mettre la main sur lui et on a fini par s'expliquer en toute franchise. » Puis, voyant l'expression dubitative de son frère, elle s'empressa de le rassurer. « J'ai aussi parlé à Nicholas, si c'est ce qui t'inquiète. Je lui ai avoué que je me sentais toujours amoureuse de Todd et que je n'étais pas prête pour entamer une relation avec un autre. »

Cette fois, le soulagement se lut sur le visage de Steven.

« Je suis heureuse pour toi, Liz.

— Pour résumer, Todd et moi avons décidé de nous accorder une totale liberté. Ce qui ne veut pas dire que nous n'essaierons pas de nous voir le plus souvent possible... Seulement nous n'interférerons plus sur nos vies respectives. Chacun a besoin de sortir, de rencontrer des gens nouveaux, de faire des expériences, quoi. Nous verrons bien si notre relation tient le coup avec la distance. »

Steven émit un sifflement admiratif.

« Dites donc, vous avez sacrément avancé cette nuit. Tu es certaine que Nicholas ne t'en veut pas trop ?

— Presque. Il a accusé le coup, c'est certain. Mais je suis sûre qu'avec le temps il surmontera son chagrin. En plus, il se doutait de quelque chose... J'espère qu'un jour nous deviendrons de vrais amis.

— Je l'espère aussi. J'en suis même per...

— Dis donc, Steve, l'interrompit Jessica, assez parlé de Liz. Je ne voudrais pas être indiscrète, mais tu avais l'air de t'intéresser à Clara, ce soir. Peux-tu m'expliquer par quel miracle ? »

Steven s'assombrit.

« Je préfère ne pas en parler, déclara-t-il en se levant de sa chaise. Rassure-toi, Clara n'est pas en cause. »

Aussitôt qu'il eut quitté la cuisine et que son pas résonna dans l'escalier, Elizabeth chuchota à l'oreille de Jessica.

« J'ai l'impression que tu avais raison. En tout cas, tu as touché une corde sensible. Mais cela ne me dit pas... »

Elle fut interrompue par la sonnerie du téléphone qui venait de déchirer le paisible silence de la nuit.

« Je réponds, s'écria Jessica en bondissant vers le combiné. C'est Lila, souffla-t-elle en posant la main sur le récepteur. Elle veut savoir si Todd est bien rentré. »

Une fois la communication terminée, Elizabeth s'étonna :

« Elle nous dérange pour ça ? »

Jessica afficha un air de triomphe.

« Mais non. Son coup de fil confirme ce que je t'avais dit il n'y a pas cinq minutes. Betsy Martin a fait un esclandre.

— Raconte », dit Elizabeth, curieuse.

Jessica haussa les épaules.

« J'avais raison pour Clara. Lila m'a dit qu'après notre départ, elle et Steve ont commencé à danser serrés et qu'ils avaient l'air très...

— Heureux, termina Elizabeth.

— Alors Betsy a foncé droit sur eux et les a séparés. Puis, elle a fait une véritable scène à Steve — en lui reprochant d'avoir *trahi* Patricia. Steve, n'a pas répondu mais il est devenu blanc comme un linge. Quant à Clara, il paraît qu'elle n'en menait pas large... Pour en revenir à notre frère, il a quitté la maison des Fowler sans saluer personne.

— Pauvre Steve, s'apitoya Elizabeth. Après tout, il a le droit de prendre un peu de bon temps. »

Patricia était décédée depuis plus d'un an, et bien qu'il ne fût pas question pour lui *d'oublier* son amie, il devait réapprendre à vivre. Il ne pouvait indéfiniment cultiver le souvenir du passé. Un jour ou l'autre, il fallait bien qu'il fasse l'effort de sortir de lui-même, or il avait tenté de le faire cette nuit.

Elizabeth était révoltée. Comment Betsy avait-elle osé s'en prendre à Steve alors qu'il l'avait aidée à surmonter le chagrin causé par la disparition de sa sœur, puis lui avait présenté Jason ?

Comment ne pouvait-elle faire l'effort de comprendre que Steve était beaucoup trop jeune pour porter le deuil durant sa vie entière ?

« *J'espère de tout mon cœur*, songea Elizabeth, *qu'une nouvelle existence commencera pour lui, et que Betsy Martin ne se placera pas sur le chemin de son bonheur !* »

C'EST CE QUE VOUS
DECOUVRIREZ EN LISANT

FAUX-PAS

*Prochain roman à paraître
dans la collection*

Enfin des livres
qui vous font entrer dans la vie :

*Etes-vous tendre, affectueuse, sincère, désintéressée
comme Elizabeth?*
*Connaissez-vous une fille coquette, intrigante,
menteuse, arriviste comme Jessica?*
*Les sœurs jumelles de SUN VALLEY vous invitent à
partager leurs secrets.*

411 NE LUI DIT RIEN   Francine PASCAL

Elizabeth prit la main de son frère :
« Crois-moi, Steve, Patricia a toujours été sincère. Elle
a peut-être des problèmes.
– Oh Liz! Le malheureux a le cœur brisé et c'est tout
ce que tu trouves à dire! » s'exclame Jessica.
L'air inquiet, Steve se renversa sur son lit.
« Il se passe quelque chose, mais Pat ne veut rien me
dire. Et en plus elle croit que c'est moi qui ne l'aime
plus. Je donnerais tout pour savoir... »
Liz devait-elle rompre son serment et révéler le
terrible secret que Patricia lui avait confié?

412 QUEL ÉGOÏSME   Francine PASCAL

Bientôt huit heures! Jessica trépignait dans le salon.
« C'est toujours pareil! Nous sommes invitées à la
soirée la plus chic de Sun Valley et Liz est en retard!
Tant pis pour elle, j'y vais! »
Jessica enfila son manteau. Mais au moment de sortir,
un sentiment de culpabilité l'envahit. Elle avait
l'impression que Liz était en danger et qu'elle
l'appelait...
Elle hésita un instant et ouvrit la porte : une fois de
plus, elle cédait à son égoïsme.

413 DOUBLE JEU   Francine PASCAL

« Elizabeth ! Nicholas ! Qu'est-ce que vous faites là ? »
En un éclair, Elizabeth décida de tenter le tout pour le
tout. Elle imita l'irrésistible « sourire Jessica ».
« Tu rigoles, Todd ! Ne me dis pas que tu ne fais pas
encore la différence entre Liz et moi ! »
Bouche bée, Todd la dévisageait avec des yeux ronds.
« C'est Elizabeth, c'est forcément elle ! » pensa-t-il…
A quoi jouait Elizabeth ? Pourquoi avait-elle accepté
de sortir avec Nicholas alors qu'elle aimait sincèrement
Todd ?

414 NE ME TROMPE PAS   Francine PASCAL

« Promets-moi, Steve, de t'occuper de ma sœur Betsy,
elle n'aura plus personne après moi…
– Je te le promets, Pat », souffla-t-il.
Patricia laissa échapper un soupir. Cette conversation
l'avait épuisée.
« Je suis lasse maintenant, j'ai besoin de dormir. »
Sa voix était à peine audible.
« Oui », chuchota Steve au moment où son amie
fermait les yeux pour la dernière fois…
Steve ne se doutait pas que cette promesse d'héberger
Betsy lui attirerait les pires ennuis. C'était oublier
un peu vite l'insupportable Jessica !

415 JEU DE SNOBS   Francine PASCAL

Tout Sun Valley est en émoi !
Dans la même semaine, Roger Barrett perd sa mère
très malade, apprend qu'il est en fait le cousin de
Bruce Patman et devient donc membre à part entière
de la famille la plus riche de la ville.
Si Liz reste assez indifférente à cette agitation,
plaignant surtout le pauvre Roger complètement
déboussolé, Jessica, au contraire, compte bien profiter
de la situation.
Et pour séduire le nouvel héritier, elle décide
désormais d'adopter un train de vie un peu plus
snob…

416 JUSQU'OÙ IRAS-TU ?   Francine PASCAL

« Oh oui ! dit Caroline, élevant la voix en entendant rentrer Jessica. Oui, moi aussi. J'ai été si heureuse de recevoir ta lettre ce matin. »
Il n'était pas facile d'entretenir une conversation imaginaire. Caroline trouva un prétexte pour écourter le « dialogue ».
« Je t'écrirai ce soir, oui, je t'aime. Au revoir, Adam. »
Depuis quelques jours, Caroline se téléphonait à elle-même et s'envoyait des lettres enflammées.
Tout ça pour que l'on fasse un peu plus attention à elle ! Jusqu'où sa supercherie pourrait-elle aller ?
Caroline réussit à ce que tout le lycée de Sun Valley parle d'elle, mais pas comme elle l'aurait voulu...

417 TU PERDS LA TÊTE   Francine PASCAL

Jessica parcourut d'un regard absent le campus du lycée. Tout à coup elle sursauta et colla son nez contre le pare-brise.
« Hé ! Dis-moi que je n'ai pas des visions ! Regarde là ! Regina Morrow dans la bagnole du Bruce Patman !
– Non, tu ne rêves pas, confirma Elizabeth en franchissant la barrière du parking, on les a vus souvent ensemble ces derniers temps.

418 CELA DEVAIT ARRIVER   Francine PASCAL

« Bon sang ! s'exclama Jessica. Qu'est-ce que j'ai fait pour avoir une sœur aussi stupide ! C'est justement le côté mystérieux de Jack qui le rend si fascinant. »
Elizabeth essaya encore une fois de raisonner Jessica.
« Ce garçon ne m'inspire pas confiance. On dirait qu'il a quelque chose à cacher. »
Elizabeth avait pourtant tenté de mettre sa sœur en garde mais Jessica n'écoutait jamais les conseils de sa sœur, et ce qui devait arriver arriva...

« Tu sais, Jess, si Enid est dans un fauteuil roulant c'est à cause de George ;
– Enfin, Liz, tu ne penses tout de même pas qu'il est responsable de leur accident d'avion ?
– Non, mais il aime une autre fille, et je suis sûre que sans l'amour de George, Enid ne marchera jamais plus. »
Elizabeth est désespérée de voir que sa meilleure amie n'a plus envie de lutter. Si Enid ne réagit pas, elle restera paralysée toute sa vie, à moins qu'il ne se produise un coup de théâtre.

420 TU AVAIS TORT   Francine PASCAL

La stupéfaction se peignit sur le visage de Jessica.
« Hein ? Steve a largué la fac ?
– Oui. Enfin, jusqu'à la rentrée du prochain trimestre.
– Ce n'est quand même pas à cause de Pat ? »
Elizabeth hocha la tête.
« Il n'arrive pas à se remettre. C'est très dur pour lui. »
Steve avait été bouleversé par la mort de celle qu'il aimait. L'épreuve avait été terrible. Le temps n'avait fait qu'accroître son chagrin et sa solitude.
Jessica décida brusquement :
« Je vais lui changer les idées, moi. Tu verras ! »
Une fois de plus, elle avait tort.

 **Sun Valley**

IMPRIMÉ EN FRANCE PAR BRODARD ET TAUPIN
Usine de La Flèche, 72200.
Loi n° 49-956 du 16 juillet 1949 sur les publications destinées à la jeunesse.
Dépôt : janvier 1988.